記憶喪失の侯爵様に溺愛されています 3

これは偽りの幸福ですか？

春志乃

B's-LOG BUNKO
ビーズログ文庫

イラスト／一花夜

Contents

人物紹介
ウィリアム
スプリングフィールド侯爵。王家直属のヴェリテ騎士団の第一師団・師団長で、王国の英雄。記憶喪失になり、リリアーナを溺愛中。
リリアーナ
元エイトン伯爵令嬢。訳あって引きこもりだったのだが、ウィリアムと政略結婚し……？

アルフォンス・クレアシオン

クレアシオン王国の
王太子で、
ヴェリテ騎士団の
第一師団・副師団長。
ウィリアムの親友。

フレデリック

ウィリアムの
乳兄弟であり、
専属執事。エルサの夫。

エルサ

リリアーナの専属侍女。
幼馴染のフレデリックと
夫婦である。

セドリック

リリアーナの異母弟。
エイトン伯爵家の
跡取り。

サンドラ(左)
&
マーガレット(右)

リリアーナを虐めていた
継母と異母姉。

序章　初めての騎士団訪問

私――リリアーナ・カトリーヌ・ドゥ・オールウィン＝ルーサーフォードは、旦那《だんな》様のスプリングフィールド侯爵《こうしゃく》ウィリアム・イグネイシャス・ド・ルーサーフォード様の職場であるヴェリテ騎士団《きしだん》にウィリアム様の着替《きが》えとランチを届けに来ています。

記憶喪失《きおくそうしつ》になったウィリアム様が、全ての記憶を取《と》り戻《もど》して早いもので二カ月が経《た》ちました。両親と義姉《あね》が私と弟のセドリックを修道院に入れようとした騒動《そうどう》の後、ウィリアム様がセドリックの後見人になって下さり、再び共に侯爵家で暮らせるようになりました。

両親は、この事件の反省とこれまでの借金をウィリアム様に返すために身辺の整理が終わり次第《しだい》監視《かんし》付きで領地へ、マーガレット姉様は、またウィリアム様の妻になるなどと言い出さないように早急《さっきゅう》に結婚《けっこん》させる予定だと、ウィリアム様が教えて下さいました。

馬車を降りれば、目の前には厳《おごそ》かな石造りの立派な建物があり、大勢の騎士様が忙《いそが》しそうに行き来しています。

「うわぁ、すごい、騎士様がいっぱい！」

「セドリック、私の手を放してはいけませんよ」

きょろきょろと忙《せわ》しなく辺りを見回す弟――セドリック・チェスター・ド・オールウィンの手を私はきゅっと握《にぎ》り直します。

三日前に仕事に行ったきり、大きな事件が起こったとかで師団長であるウィリアム様は帰って来られなくなってしまったのです。

「エルサ、本当にお邪魔《じゃま》じゃないのでしょうか」

「そんなわけありません。絶対に旦那様はそわそわしながら待っているはずですよ」

私の侍女《じじょ》のエルサがくすくすと柔《やわ》らかく笑いながら言いました。同じく侍女のアリアナさんもエルサの言葉に力強く頷《うなず》いています。

「奥様《おくさま》とセドリック様お手製のサンドウィッチを食べれば、旦那様も元気百倍です！」

アリアナさんが持っていたバスケットを掲《かか》げて言いました。

中には、私とセドリックが作ったサンドウィッチと、ウィリアム様のお好きなナッツとチョコレートのクッキーが入っています。

「姉様、行こう？　ここだと冷えて風邪《かぜ》引いちゃうよ」

「ありがとう、セディ」

私の体を心配してくれる弟の頭を撫《な》でて、私はエルサの後について中へ入ります。

広いエントランスホールの左右には長い廊下《ろうか》があって石の床《ゆか》に赤い絨毯《じゅうたん》が敷《し》かれていました。ホールの左右に螺旋《らせん》階段があって二階までは吹《ふ》き抜《ぬ》けになっています。

騎士様の姿がそこかしこにあって、心なしか視線を感じてエルサの背後に隠《かく》れました。

外に出られるようになったとは言っても、まだ大勢の大人の視線はどうしても苦手です。

「フレデリックが迎《むか》えに来てくれるはずなのですが……」

エルサがきょろきょろと辺りを見回しました。私たちも周囲を見回しますが、ウィリアム様の執事であるフレデリックさんの姿はどこにもありませんでした。

「仕方がありません。先にお部屋のほうに行きましょう。部屋番号は聞いておりますから。奥様は先にそちらでお待ち下さい」

はい、とよく分かりませんが頷いて、歩き出したエルサについていきます。セドリックは興味津々《きょうみしんしん》といった様子で周囲を見回していました。

エルサは階段ではなく、左の廊下へと歩いて行きます。ずらりとたくさんの部屋が並んでいてドアに数字が刻まれています。「〇〇一」から順に始まって、その下に木札が掛《か》けてあり、使用中、空室、予約済とそれぞれ書いてありました。

「守秘義務がありますので、執務室《しつむしつ》に通すとなると書類を片付けたり隠したりと厄介《やっかい》なので、こうして談話室を借りるのが通例です。旦那様は師団長ですので応接スペースは別にあるのですが……何分、五階ですので奥様の体力がもたないかと」

「……辿《たど》り着《つ》く前に倒《たお》れてしまいそうです」

私は素直《すなお》に認めました。体力に全く自信がありません。

「〇一二番、ここですね……」

エルサが予約済という札の掛けられたドアの前で足を止めました。札を使用中に掛け替《か》えて、先にエルサが中へ入ってから私とアリアナさんを案内してくれました。

小さな談話室は、二人がけのソファが向き合うようにして置かれていました。さりげなく置かれている調度品は品があり、部屋自体も壁紙《かべがみ》が貼《は》られ、絨毯も敷いてあるので石造りのエントランスホールとは雰囲気《ふんいき》が全く違《ちが》います。ドアの向かいには大きな窓があり、そこから中庭へと出られるようでした。私の手を放したセドリックが窓辺に駆《か》け寄《よ》っていきます。

「エルサ、お庭に出てもいい？」

「旦那様がいらしたら息抜きに一緒《いっしょ》にお散歩に行かれるといいですよ。ですから外にはまだ出ないで下さいませ」

エルサがくすくすと笑いながら言えば、セドリックは嬉《うれ》しそうに頷きました。私も窓へ近づき、レースのカーテンを少しだけ開けて外を見ました。

部屋の前は幅《はば》の狭《せま》いレンガの廊下とちょっとした柵《さく》があって、その向こうが中庭です。長方形の中庭には大きな三本の木が等間隔《とうかんかく》で植えられていて、右端《みぎはし》の一本が目の前にありました。木の下には木製のベンチが置かれていて木陰《こかげ》で休めるようになっています。

花壇《かだん》には夏のお花が鮮《あざ》やかに咲《さ》いていました。もう二本の木の間には、噴水《ふんすい》がありじゃぶじゃぶと水の音が聞こえてきます。

「大きな木だね」

セドリックが見上げるようにして言いました。私は「そうね」と頷いて返します。

「……あら？」

そこへふらふらとした一人の紳士《しんし》がやって来ました。くすんだ金の髪《かみ》の紳士は、なんだがとても危ない足取りでベンチへ向かっていましたがあと三歩というところで突然《とつぜん》、膝《ひざ》をついて地面に倒れ込んでしまいました。

私とセドリックは思わず窓を開けて、庭へと飛び出しました。

どうにか起き上がろうとしている初老の男性は、騎士様ではないようですが、上等な服を身に纏《まと》っていますので多分、上流階級の方です。

顔が真っ青で手がぶるぶると震《ふる》えていました。どうにか這《は》いずってベンチに寄りかかるようにして座りましたが今にも倒れそうです。

「もし、もし、大丈夫《だいじょうぶ》ですか？　セディ、エルサとアリアナさんを呼んできて下さい」

セドリックが急いで部屋に戻るより早く、エルサとアリアナさんが駆け寄ってきます。

「奥様。私、どなたかを呼んで参ります。とりあえず、アリアナ、お水を」

流石《さすが》はエルサです。すぐに応援《おうえん》を呼びに行ってくれました。アリアナさんが水差しからグラスに水を注いで男性に差し出しましたが、手が震えて受け取れないようでした。

「失礼いたします」

そうお声掛けして、口元にグラスを運びました。うっすらと目を開けたその方は、すまない、と掠《かす》れた声で囁《ささや》いて、少しずつお水を飲んでくれました。

「ひんけつ、だとおもうのだが……」

「今、私の侍女が人を呼びに行ってくれましたので無理に喋《しゃべ》らないで下さいまし……あ、アリアナさん、これを濡《ぬ》らして下さる？」

ハンカチをポケットから取り出して差し出すと、アリアナさんがそれに水をかけて濡らしてくれました。濡れたハンカチを絞《しぼ》って整えます。

「濡れたハンカチを目元に当てても良いですか？」

男性が頷いてくれたので、私はそっと彼の目元にハンカチを当てました。気持ち良かったのか、ふーっとゆっくりと息が吐《は》き出されました。

「ここのところ、激務でね……少々、過労が祟《たた》ってしまったようだ」

ハンカチで目元を覆《おお》ったまま苦笑《くしょう》交じりに言いました。先ほどよりも声がしっかりしています。

「過労は病ではありませんが、あらゆる病を招く元になるとお医者様が教えて下さいました。無理はなさらないで下さい。ご家族や貴方《あなた》を支える方々が悲しくなってしまいます」

男性はハンカチを持ち上げて、片目を覗《のぞ》かせました。淡《あわ》く緑の混じるハシバミ色の瞳《ひとみ》には厳しさがありますが、なんだか今は弱々しく見えました。顔色がいつぞやのウィリアム様と同じだからかもしれません。

私と目が合うとハシバミ色の瞳が驚《おどろ》いたように見開かれました。

「……ターシャ？」

どなたかと私を間違《まちが》えてしまったのでしょうかと困惑《こんわく》していると、寂《さび》しげに細められた目は閉じられてハンカチの下に隠れてしまいます。

「いや、すまない……人違いをしたようだ」

「いえ、お気になさらないで下さいまし」

「旦那様！」

声が聞こえて顔を上げると、エルサと共に服装からして執事《しつじ》と思われる男性と騎士様が二人、こちらに駆け寄って来ました。騎士様は、布と棒でできた簡易担架《たんか》を抱《かか》えていて、初老の男性を担架に乗せました。

「ご婦人、傍《そば》についていて下さったのですね、ありがとうございます」

「いえ、私は何も……」

執事さんに頭を下げられ、私は慌《あわ》てて首を横に振《ふ》りました。

「水を飲ませてくれて、ハンカチを当ててくれた……そういえば、まだ名前を……」

「名乗るほどのことはしておりません。それより早くお医者様に診《み》ていただいたほうがいいです。顔色が優《すぐ》れませんもの……」

　ハンカチを下《お》ろした男性は、倒れた時のウィリアム様のようにやつれていて、疲《つか》れきっているのが分かります。私は、アリアナさんにバスケットを持ってきてもらい、クッキーの包みを一つ取り出して、担架に横たわる彼に渡《わた》しました。

「お疲れの時は甘いものが良いとお医者様に教えていただきました。どうぞ。見知らぬ者からのものですので、お嫌《いや》でしたら捨てて下さいまし」

「姉様のクッキーはとっても美味《おい》しいから、きっと元気になれます」

　男性は少し目を瞠《みは》りましたが、手の上のクッキーの包みをしげしげと見つめた後、小さく笑って下さいました。

「ありがとう、後で頂くよ。そして君の忠告を聞いて、医者に行って休むことにする」

「い、いえ、あの、差し出がましいことを……」

　男性の顔色があまりに悪かったので、なんだか色々言ってしまったような気がします。けれど、彼は、いいや、と首を横に振って、オロオロしていた私の手を取りました。私の指先だけを包む大きな手は、氷のように冷たくなってしまっています。

「……ありがとう」

　なんだか迷子のような顔をしている男性に、私は少しでも心がほぐれればと「ゆっくり休んで下さいませ」と笑《え》みを浮《う》かべて返しました。

「すぐに良くなりますように、お祈《いの》りしておりますね」

「僕もお祈りします。早く元気になれますようにって」

男性は、少し表情を緩《ゆる》めると「ありがとう、坊《ぼう》や。そちらのお嬢《じょう》さんもありがとう」とエルサとアリアナさんにもお礼を言って、私の手を放すとセドリックの頭をぽんと撫でました。そして騎士様によって運ばれていきます。執事さんが、深々と頭を下げてから、主人を追いかけて行きました。

エルサが差し出してくれた手を取り、お礼を言って立ち上がります。

「エルサ、あのおじ様、大丈夫かな。とても具合が悪そうだったよ」

セドリックが不安そうにエルサを見上げます。

「ご本人は意識もありましたし、口調もしっかりしていましたから大丈夫でございますよ」

「リリアーナ！　セディ！」

不意にウィリアム様の声がどこからともなく聞こえてきて、皆《みな》できょろきょろと辺りを見回しますが、お姿は見当たりません。気のせいだったのでしょうか、と首を傾《かし》げるともう一度、名前を呼ばれて「上だ」と付け加えられました。

顔を上げると丁度、向かいの二階の窓からウィリアム様が体を乗り出していました。

「今行く！」

「ウィリアム様……⁉」

　言うが早いかウィリアム様は、窓枠《まどわく》に足をかけるとなんとそのままぴょんと飛び降りました。猫《ねこ》のようにしなやかに着地を決めてこちらに駆け寄ってきます。そして、私が驚きにあたふたしている間に、ひょいと抱《だ》き上げられて、落っこちないように慌てて旦那様の頭を抱き締《し》めました。私をぎゅーっと少し苦しいくらいに一度抱き締めると、ウィリアム様は腕《うで》の力を緩めて顔を上げました。

「リリアーナ、今、私の知り合いの紳士と話していたようだが、彼はどうした？」

　なんだか妙《みょう》に心配そうな顔でウィリアム様が尋《たず》ねてきます。

「私がそこの談話室からお庭を見ていたら、あの方が急にお倒れになって……」

「おそらくご本人も言っていた通り貧血《ひんけつ》か低血糖だと思いますが、私がすぐに人を呼びに行きまして、その間、奥様とアリアナが側にいたのです。お名前も頂戴《ちょうだい》しておりませんし、こちらも名乗ってはおりませんが」

　エルサが訝《いぶか》しむように答えました。

　何かいけないことをしてしまったのかとオロオロしていると、ウィリアム様は、いや、と小さく首を横に振って私を右腕に抱え直しました。私としては抱え直すのではなく下ろしてほしいのです。

「君に興味を持っていたか？」

「そのようなことはなかったと思いますが……」

「あ、でも姉様のことを『ターシャ』って人と間違えていました」

セドリックの言葉に青い瞳が驚いたように、私を見つめます。どうしたのでしょう、と首を傾げているとウィリアム様は「何でもない」と言ってまた私を抱き締めました。

「ウィ、ウィリアム様、恥《は》ずかしいのでやめて下さいまし……っ」

「何も恥ずかしくない、君は私の妻だ。さあ、セディ、左腕が空いているからおいで」

「はい、義兄様《にいさま》！」

ウィリアム様はきっぱりと言いきり、軽々と私たち姉弟《してい》を抱き上げます。セドリックは、嬉しそうに抱き着いてはしゃいでいます。

騒《さわ》ぎを聞きつけた騎士様たちが集まってきているので、恥ずかしさが増していきます。やめていただきたいのですがウィリアム様は放してくれそうにありません。

「でしたらせめて、談話室の中でおくつろぎ下さい。ここでは奥様とセドリック様がただの見世物でございます。よろしいのですか？」

エルサの冷静な提案に「それは嫌だ！」と叫《さけ》んだウィリアム様は、私を抱えたまま談話室へと歩き出して下さったのでした。

談話室のソファにウィリアム様と並んで座ります。サンドウィッチの昼食を終えた今、セドリックは、エルサとアリアナさんと共にウィリアム様のご友人でありこの国の王太子殿下《でんか》でもあるアルフォンス様に会いに行きました。アルフォンス様もセドリックをとても可愛《かわい》がって下さっているのです。

「ところで本当にあの男には何もされなかったか？」

ウィリアム様が心配そうに私の頬《ほお》に触《ふ》れます。

「本当に具合が悪そうでしたから……あの、やっぱりいけなかったでしょうか」

「そんなことはない。私と会った時も具合が悪そうだったんだ。彼は、フックスベルガー公爵《こうしゃく》といって外交大臣を担《にな》っている。この国の外交の最高責任者だ」

「こ、こうしゃくさまっ」

とりあえず流石の私でもとんでもなく偉《えら》い方だというのは分かりました。

侯爵家家令のアーサーさんに教わった主要貴族の関係というものの中でフックスベルガー公爵様は、国王陛下の兄の子ども、つまり、陛下の甥《おい》にあたる方で、アルフォンス様の従兄弟《いとこ》でもあります。

「わ、私そんな方に、とんでもなく失礼なことを……クッキーまで渡してしまいましたっ！」

「大丈夫だ、リリアーナ。彼は男に対しては厳しいし、事実、癖《くせ》のある食えない男だが女性や子どもには優《やさ》しい人だ。それに本当に具合が悪くて困っていたところに優しくしてくれた相手に悪意を返すような人ではないよ」

確かに厳しい雰囲気はありましたが、悪い人には見えませんでした。でも、公爵様に対してとっても失礼をしてしまった気がしてなりません。

「君に言っておかねばならないことがある……非常に残念なことなんだが」

ウィリアム様は言葉通り、心底残念そうに口を開きます。

「暫《しばら》く家に帰れそうにないんだ……っ」

沈痛《ちんつう》な面持《おもも》ちでウィリアム様が絞り出すように言いました。

「実はとある国際的犯罪組織が関与《かんよ》する人身売買事件に、フックスベルガー公爵の部下の貴族の男が関わっていることが分かってね。その男は別件の横領で逮捕《たいほ》されたんだが捜査《そうさ》をしていく内に事件への関与が発覚したんだ。これから捜査網を広げ、徹底的《てっていてき》に奴《やつ》らを炙《あぶ》り出すために本格的な捜査が始まる」

あまりに物騒《ぶっそう》な言葉に息を呑《の》みました。ですが、そんなことを私に話してしまってもいいのでしょうか。

「大丈夫。これくらいなら問題ないし、君は誰《だれ》にも話さないだろう？」

私の表情から察して下さったのか、ウィリアム様がくすくすと笑いながら言いました。

けれどまたすぐに真面目な顔つきに戻ります。

「本当は自由に過ごしてほしいんだが、事件が落ち着くまで暫くは君もセディも個人的な外出は控《ひか》えてほしい。私が側にいられればいいのだが、どうやってても忙しくなってしまう」

「いえ、もともと外にはあまり出ませんし、セドリックも危ない理由を話せば我《わ》が儘《まま》は申しません。それよりウィリアム様こそあまり無理はなさらないで下さいね」

「大丈夫、無理はしないよ」

大きな手が私の頬を包むように撫でます。温かくて大きな手はいつも心地《ここち》良《よ》いのですが、やっぱり心臓がどきどきとうるさいのです。けれど、ふと大きな手が離《はな》れていってしまいました。ですが寂しいと思う間もなく、その手は私の胸元《むなもと》に輝《かがや》くサファイアに触れました。

「今日も両方、着けてきてくれたんだな」

ウィリアム様は心なしか顔を綻《ほころ》ばせて言いました。

ネックレスはシンプルなデザインですが、だからこそ、どんなドレスにも違和感《いわかん》なく合わせることができます。二カ月前、私に改めてプロポーズして下さった際に頂いた指輪は、私の一番好きな薔薇《ばら》の花がモチーフになっています。どちらも毎日、必ず身に着けているのです。外すのはお風呂《ふろ》に入る時と眠《ねむ》る時くらいかもしれません。

「いつでもウィリアム様の愛情を感じられて、安心、するの……で、す」

言っている途中《とちゅう》ですごく恥ずかしいことを言っていることに気が付いて、言葉が尻《しり》すぼみになってしまいました。無論、ウィリアム様のお顔なんて見られませんし、顔が尋《じん》常《じょう》ではないくらいに熱くなっているのを感じます。

「……わ、わすれてくださいましっ」

「それは無理な相談だ、私の愛《いと》しいリリアーナ」

ちゅっと私の髪にキスが落とされました。体を屈《かが》めたウィリアム様が下から私の顔を覗き込んできます。咄嗟《とっさ》に両手で顔を隠そうとしたのですが、私の手は大きな手に呆気《あっけ》なく捕《つか》まってしまっていました。

青い瞳が柔らかに細められて、私を見つめます。

「一つ、聞きたいんだが……君は、私がいないことを寂しがってくれたかい？」

教えてくれ、リリアーナ、と甘い声が私の耳元でねだるように囁きました。

心臓が破裂《はれつ》しそうで、胸が苦しくて言葉が上手《うま》く紡《つむ》げそうにありません。

「私は寂しかった」

予想外のお言葉におそるおそる伏《ふ》せていた目を上げると、寂しそうに細められた青い瞳がありました。

「たった三日、君に会えないだけで寂しくて、寂しくて気がおかしくなりそうだった」

熱い唇《くちびる》が頰を掠めて、額に、目じりに、鼻先へとキスが落とされます。

「記憶喪失になる前の私は半年に一度会ったきりだと聞いたが、今、そんなことになったら私は君に会えない寂しさに焦《こ》がれてしまうよ、私の愛しいリリアーナ」

羞恥心《しゅうちしん》と幸福に苛《さいな》まれながらその狭間《はざま》で見える青い瞳は、私の知らない烈《はげ》しい感情が宿っているようにも見えて少し怖《こわ》いとさえ思いました。思ったのに、どうしてかその青い瞳から目が離せないのです。

私の手を解放した大きな手が、私の頬を包み込んで少しざらついた親指が唇をなぞるように触れました。ウィリアム様に触れられた部分が火傷《やけど》しそうなほど熱く感じます。

「……教えてくれ、リリアーナ。私がいなくて、寂しかったか？」

真《ま》っ直《す》ぐに私を射抜《いぬ》く青い瞳から逃《のが》れる術を知らない私は、半ば無意識にその言葉に頷いていました。

けれど、嘘《うそ》ではありません。セドリックが寂しがるのを大人の顔で宥《なだ》めてはいましたが、夜、抱き締めてくれる温《ぬく》もりがないことが、とてもとても寂しかったのは、本当なのです。吐息《といき》を交換《こうかん》するほど近くにウィリアム様の端正《たんせい》なお顔があります。鮮やかな青い瞳に全てを見透《みす》かされているような気がして、逃《に》げるように目を伏せました。

ただ一人の夫に愛される日々は嘘偽《うそいつわ》りなく幸せなのに、時折、ふと怖くなるのです。でも、優しい青い瞳に見つめられるとその怖さを幸せが包み込んで消してくれるのです。

「……ウィリアム様に会えず、とても、寂しくて、心細かったです」

私の頬を包む手に力が込められて、ぐっと引き寄せられました。

私は咄嗟に目を閉じました。

「リリィちゃん来てるってほんとー？　僕にもクッキーちょーだい！」

バッターンと勢いよくドアが開いて、耳慣れた声が聞こえてきました。

咄嗟にウィリアム様から離れますが、アルフォンス様と目がばっちり合います。

「あ、ごめーん、邪魔しちゃった？」

にこっと笑ったアルフォンス様に一気に頬が熱くなり、俯《うつむ》きます。「お前なあ！」とウィリアム様が怒《おこ》りますが、アルフォンス様に効果はありません。

「アルフお兄様、僕の姉様と義兄様はとても仲良しなんですよ」

セドリックの楽しそうな声も聞こえます。

アルフォンス様は「それはいいことだね」とケラケラ笑っています。

「姉様、アルフお兄様とクッキー食べていい？」

私を呼ぶセドリックの声に私は思い切って顔を上げます。

ウィリアム様はアルフォンス様と何やらいつもの言い合いをしていて、エルサとフレデリックさんはお茶の仕度《したく》を、アリアナさんはセドリックにバスケットを差し出しています。

目の前にある私の大切な日常に途方《とほう》もない幸せを感じながら、ちらちらと私を窺《うかが》う可愛い弟に、私は「いいですよ」と笑いながら返事をするのでした。

第一章　驚きの報せ

「まあ……お父様とお継母様《かあさま》が？」

一週間ぶりに帰って来たウィリアム様がもたらした報せ《しら》は、予想だにしないものでした。久しぶりの時間を夫婦二人で過ごせるようにと部屋には私とウィリアム様しかいません。セドリックは午後のお勉強の最中です。

ランチを終えてウィリアム様に一息入れていただこうとお茶の仕度《したく》をしていた手が止まってしまいました。

「ああ。三日ほど前に離縁《りえん》が成立したそうだ。サンドラ夫人はマーガレット嬢《じょう》を連れて出て行ったらしい。どこへ行ったかは、現在、調査中だ」

驚《おどろ》きのあまり「まあ……」としか言葉が出ません。

私の両親、エイトン伯爵《はくしゃく》夫妻は、疎《うと》まれていた私から見ても仲の良い夫婦《ふうふ》でした。継《まま》母《はは》のサンドラ様は、男爵家《だんしゃくけ》の出身ですが母親が貴族ではないため身分が低く、由緒《ゆいしょ》あるエイトン伯爵家には相応《ふさわ》しくないと父の両親に反対され、父は両親が決めた相手である私の母、エヴァレット子爵家《ししゃくけ》の令嬢《れいじょう》カトリーヌと結婚《けっこん》しました。

ですが、もともと体の弱かった母は私を産んで僅《わず》か半年で帰らぬ人となってしまいました。私が産まれる前に結婚を反対していた父方の祖父母も相次いで亡《な》くなったため、父は、母の喪《も》も明けぬ内にサンドラ様と再婚《さいこん》したのです。

そんな大恋愛《だいれんあい》を経て結婚した両親でしたので、今回のお話は信じられないものでした。

私はウィリアム様に促《うなが》されるまま、ソファに腰《こし》を下ろした彼の隣《となり》に腰かけます。

「帰って来る前に伯爵家に寄って、義父上の様子を見てきたんだが、大分、憔悴《しょうすい》しているようだったよ」

「……そう、ですか。では、お父様はお一人で領地に行くことになるのですか？」

「おそらくは、そうなるだろうな」

あまりに現実味のない話に頭が真っ白になります。

確か両親はまだ領地に行くための身辺整理の真っ最中、マーガレット姉様も嫁入《よめい》り準備の真っ最中だったはずです。

マーガレット姉様のお相手は、伯爵家では断れないように、王太子であるアルフォンス様が用意して下さると言っていました。

「離縁の理由を聞いても……？」

「こんなみじめな生活は耐《た》えられない。借金しか残らない貴方《あなた》に愛想《あいそ》が尽《つ》きた。領地に引きこもるなんてうんざりだと突然《とつぜん》言われたらしい。……前にも言った通り、伯爵家の借金は伯爵が自分で作ったものだ。これから彼が自分で片《かた》を付けなければならないものだ。だから、君が気に病《や》むことはない」

私を慰《なぐさ》めるようにウィリアム様が抱《だ》き寄せて下さいます。私は素直《すなお》にその腕《うで》に身を預けました。ウィリアム様の爽《さわ》やかなコロンの香りが私を落ち着かせてくれます。

「……君たちを虐《しいた》げていたあの三人が、王都から離《はな》れた領地や嫁ぎ先で永遠《とわ》に暮らすことになれば君もセディも心穏《おだ》やかに過ごせると思ったんだが……離縁までは予想外だった」

私を抱き締《し》めながらウィリアム様が言いました。

セドリックは、実の両親にされた仕打ちによって心に深い傷を負い、今もまだ夜は一人で眠《ねむ》れないのです。悪夢を見ては魘《うな》されて泣くあの子の心を想《おも》うと胸が痛みます。

私が継母や父、姉にされた仕打ちを知ってから、ウィリアム様はいつも私を護《まも》るために心を砕《くだ》いて下さいます。

「セドリックには、あの子の心がもう少し落ち着いてから伝えてもかまいませんか？」

「ああ。今は、ただゆっくり過ごす時間が必要だ。セドリックにも君にも」

顔を上げれば私が一番好きな青い瞳《ひとみ》が心配そうに私を見つめています。

「なかなか一緒《いっしょ》にいられなくて、すまない。傍《そば》にいると約束したのに」

優《やさ》しいキスが額に落とされます。

私は、首を横に振《ふ》ってウィリアム様を見上げます。

「ウィリアム様は、この国を護る騎士《きし》様ですもの。もちろん、その……寂《さび》しいですし、お怪我《けが》をしていないか、ご飯はちゃんと食べているかと心配もしています。ですが、それ以上に誇《ほこ》らしく思っております。私はウィリアム様の妻ですもの」

　なんだか恥《は》ずかしくなってきて目を伏《ふ》せました。

　ふぐっと変な音が聞こえてちらりと顔を上げれば、ウィリアム様が両手で顔を覆《おお》って唸《うな》っていました。

　感受性豊かなウィリアム様は、こうなることがよくあります。時間が経《た》てば治まりますので、私は途中《とちゅう》だったお茶の仕度をしようとウィリアム様の腕の中を抜《ぬ》け出しました。

　私がお湯を注いで温めておいたポットの蓋《ふた》を開けて、ティーカップにお湯を移していると、コンコンとノックの音が聞こえ、ウィリアム様が「どうした」と返事をします。

「旦那《だんな》様、シルクの皆様《みなさま》の準備が調《ととの》いました。いかがいたしますか？」

「そうか。すぐに行く。セドリックは？」

　顔を出したフレデリックさんにウィリアム様が嬉《うれ》しそうに立ち上がります。

「セドリック様はあと三十分ほどで授業を終えられます」

「では先に行こう。リリアーナ、すまないがお茶は後で淹《い》れてくれるか？」

「もちろんです。ですが、どなたがいらしたのですか？」

「着いてからのお楽しみだ。おいで、リリアーナ」

　ウィリアム様は楽しそうに笑って、私の手を取り歩き出したのでした。

「これは楽しいのか？　リリアーナ」

「はい、とっても楽しいです」

「旦那様、動かないで下さい。奥様《おくさま》、こちらの色も素敵《すてき》でございますよ」

　エルサが深い緑色の生地《きじ》を持ってきてくれます。

「本当ですね。でも、アリアナさんが持っている生地の色もウィリアム様に似合いそうで素敵です」

　私は真剣《しんけん》に悩《なや》みながらエルサとアリアナさんの持つ生地を交互《こうご》に見比べました。

　ウィリアム様が連れて来て下さった一階の小広間には、色も種類も様々な生地が並び、レースやリボン、刺繍糸《ししゅういと》や飾《かざ》りボタンと服に関わる全てがずらりと並んでいます。

　シルクとは仕立屋さんの名前で、ウィリアム様がご自分の衣装《いしょう》を仕立てるのに呼んだそうです。

　デザイナーのマリエッタさんのアドバイスを聞きながら、店主のラルフさんが用意して下さった生地をウィリアム様ご本人に当てて、色味や手触《てざわ》りを確かめているのです。

「侯爵《こうしゃく》様は、スタイルがよろしいので濃《こ》い色が特にお似合いになると思いますよ」

　美人なマリエッタさんは、アドバイスしながらスケッチブックにさらさらとデザイン画を描《か》いて下さいました。エルサとアリアナさんと三人で覗《のぞ》き込みます。

あっという間に素敵なデザインが紙の上に生まれます。

「すごいですねぇ、魔法《まほう》みたいです」

「ふふっ、ありがとうございます、奥様」

ハスキーな声のマリエッタさんは、女性にしては随分《ずいぶん》と背が高くて、真っ赤な口紅がとても似合っていて、ブルネットの長い髪《かみ》は綺麗《きれい》に編み込まれています。

「それにしても侯爵様が一年以上も隠《かく》していらっしゃった奥様は、本当に可愛《かわい》くてお美しいですねぇ」

スケッチブックを覗き込んでいた私が顔を上げると、思ったより近くにマリエッタさんの顔がありました。近くで見ても迫力《はくりょく》のある美人さんです。

「マリオ、近い」

伸《の》びてきた手が急にマリエッタさんの頭を鷲掴《わしづか》みにしました。

「あだだだだっ！」

何故《なぜ》かウィリアム様の手の下から野太い男性の声が聞こえてきて驚きます。固まる私をエルサがひょいと後ろに下がらせて下さいました。

「私のリリアーナの半径一〇〇メートル以内に近づくな」

「いだだっ！　もはや屋外じゃんか！　というか頭が割れる！　放せこの握力《あくりょく》お化け！」

どうしてマリエッタさんから男性の声がするのか、私とアリアナさんは首を傾《かし》げます。

「奥様〜、こちらのオールド地方のシルクはとってもでしてねぇ〜、奥様にお見せしようと思って持ってきたんですよ〜」

のんびりとマイペースなラルフさんが綺麗な青に染められたシルクを見せてくれますが、正直、それどころではありませんでした。

「旦那様、奥様が固まっておいでです。説明をして差し上げて下さいませ」

エルサの冷静な一言に、マリエッタさんの頭を脇《わき》に抱《かか》えるようにして締め上げていたウィリアム様が、ぱっと腕を放しました。

「いってぇな！　この野郎《やろう》！」

「お前、私の可愛いリリアーナの前で汚《きたな》い言葉遣《ことばづか》いをするな。あと大きい声出すな」

ウィリアム様はぞんざいにあしらって私のもとへやって来ました。

「大丈夫《だいじょうぶ》かリリアーナ」

「は、はい。私は特に何も……あの、マリエッタさんは一体……」

「リリアーナ、見てくれに騙《だま》されてはだめだ。あれは男だ。危ないから近づくなよ」

横でアリアナさんが「えー⁉」と叫《さけ》んでエルサに怒《おこ》られていますが、私も悲鳴こそあげませんでしたが驚きすぎて言葉が出ませんでした。ウィリアム様越《ご》しに向こうを覗くと、ブルネットのウィッグを外した黒髪の短髪《たんぱつ》の男性が痛そうに頭をさすっていました。

「マリオ、リリアーナがびっくりしているだろう。その見苦しい頭をさっさと直せ」

「お前のせいで折角のウィッグがぐしゃぐしゃになっちゃったんだろうが！」

「リリアーナ、こいつは女装好きの変人だが腕は確かだ。……でも、リリアーナが嫌《いや》なら今すぐ追い出す」

「い、嫌だなんてことは……でも、女性だと思っていましたので驚いてしまって」

マリエッタさんは、ラルフさんの頭にウィッグを乗せてぐしゃぐしゃになってしまった編み込みをほどいて直しています。マイペースなラルフさんは、気にした様子もなくにこにこしていました。

「お二人はお知り合いなのですか？」

「腐《くさ》れ縁《えん》だ。ああ見えて、ウォーロック伯爵の三男で学院の同期で私と同じ騎士だった」

だった、というのは過去形ですので、今はそうではないのでしょうか。

するとウィッグを整え終え、被《かぶ》り直したマリエッタさんが私の疑問に答えて下さいます。

「ウィルとは一緒に戦争へ行ったんだけどね、そこでドジって怪我しちゃったのよ。普段《ふだん》の生活には問題はないんだけど、騎士としては致命《ちめい》的な後遺症《こういしょう》が残っちゃってね。あたし、三男だから騎士で身を立てていく方法しか考えてなくて、父にも勘当《かんどう》されちゃったの。でも、もともとドレスとかワンピースとかレースとかリボンとか可愛くて綺麗なものが好きだったから、この職を選んだのよ。兄さんもいたしね」

「僕は、同い年ですけどマリエッタの兄なんです～。戦争が終わった後、マリエッタはうちの店で働いて経験を積んで、今はデザイナーとして活躍《かつやく》しているんですよ～」

ラルフさんがのんびりと言いました。

「異母兄弟ってやつよ。節操のない父だからね。あたし、父とは折り合いが悪くて、屋敷《やしき》を抜け出してしょっちゅうラルフのところに転がり込んでいたのよ」

「だから仲がよろしいのですね」

納得《なっとく》です、と私は一人頷《うなず》きました。商売仲間というよりも、どこか気の置けない雰囲《ふんい》気《き》が二人にはあります。背が高くきりりと整った顔立ちのマリエッタさんとぽっちゃりとした体形で優しそうな顔立ちのラルフさんは、あまり似ていませんが兄弟と言われると不思議としっくりきました。

「おや～、お客さんみたいですよ～」

ラルフさんののんびりおっとりしたお知らせに顔を上げると、いつの間にいらっしゃったのか扉《とびら》の前にアルフォンス様と護衛のカドック様がいました。

「お久しぶりです、アルフ様、カドック様」

「やあ、リリィちゃん。元気そうで何よりだよ」

アルフォンス様はにこっと笑い、カドック様も嬉しそうに手を振って下さったので、手を振り返します。カドック様は、戦争でアルフォンス様を庇《かば》い、喉《のど》に怪我をして喋《しゃべ》れないのです。

　ウィリアム様は、いつも通りアルフォンス様を見て顔を顰《しか》めましたがすぐに私に向き直りました。

「リリアーナ、ちょっと席を外す。マリオにも用があるから連れて行ってしまうが、ラルフと一緒に好きなものを選んでおいてくれ。それとセドリックにも冬服が必要だろう？」

「セドリックのお洋服もよろしいのですか？」

「もちろん。私の可愛い義弟《おとうと》だからな。それにたくさん食べて、遊んで、眠っているから背も伸びている。新調しないと袖《そで》や裾《すそ》の丈《たけ》が間に合わないだろう」

「伯爵家からお持ちになったお衣装も最近は、肩口《かたぐち》や袖が少し窮屈《きゅうくつ》なご様子ですしね」

　エルサの言葉に、私も今朝、セドリックのジャケットが少々、窮屈そうだったのを思い出しました。セドリックがのびのびと成長しているのを実感したものです。

「でしたら、セドリックの分もお願いしてよろしいですか？」

「ああ、好きなだけ選ぶといい。では、行ってくる」

「はい、行ってらっしゃいませ」

　ウィリアム様は踵《きびす》を返《かえ》そうとして足を止めて、私の手を取ると手の甲《こう》に恭《うやうや》しくキスを落としました。突然のことに驚いて固まっていると甘い笑顔《えがお》が向けられます。

「後でセドリックも一緒に庭を散歩しよう。私の可愛いリリアーナ」

ウィリアム様は私の額にキスをして、名残惜《なごりお》しいと言わんばかりに何度も振り返りながらマリエッタ様たちとお部屋を出て行かれました。

「ふふっ、侯爵様と奥様は、仲がよろしいのですねえ」

のんびりと笑うラルフさんに、私はじわじわと熱を持つ頬《ほお》を手で扇《あお》ぎます。

「そう、見えますか？」

「ええ、とても。侯爵様が奥様を本当に大切にされているのだと伝わってきます〜」

その瞬間《しゅんかん》、何故か思い出したのは両親のことでした。

世間的に見て非常識なことかもしれませんが、一度は他の女性と結婚して、それでも尚《なお》、二人は愛し合い、その愛を貫《つらぬ》いたのも事実なのです。

両親はお互《たが》いを心から愛していて、だからこそサンドラ様は、私を憎《にく》んでいたのだと思っていました。

だというのに離縁だなんて、サンドラ様がお父様を置いてマーガレット姉様まで連れて出て行ってしまうなんて、想像したことさえありませんでした。

思っていた以上の衝撃《しょうげき》があったようで、言い知れぬ不安のようなものが今になって、じわじわと込み上げてきました。

「奥様？　どうなさいました？」

エルサが不思議そうに首を傾げます。

「い、いえ……ちょっとぼうっとしてしまいました。何でもありません。それより続きをいいですか？　セドリックの分も選ぶなら、先にウィリアム様のものを決めたいのです」

「分かりました。ではまず、色を決めましょうか？」

エルサの言葉に頷いたところで、ガチャリと扉が開きました。

「姉様、義兄様《にいさま》が帰って来たって本当？」

「ええ。でもまだお仕事中ですよ。ですから待っている間にお洋服を作りましょう」

私はセドリックを呼んで、ラルフさんに紹介《しょうかい》しました。服には興味がなさそうな顔をしていましたが「侯爵様とお揃《そろ》いはいかがですか～」とラルフさんが提案すると嬉しそうに生地を選び始めました。セドリックは本当にウィリアム様が大好きです。

私はセドリックと一緒に生地や糸、ボタンなどを選びました。

ですが、ウィリアム様はなかなか戻《もど》って来られず、マリエッタさんとラルフさんも帰りの時間となってしまったので、デザインはまた今度ということになりました。セドリックの分だけは、早めに必要なのでマリエッタさんのお好きなようにとお願いしました。

「奥様、セドリック様。今日はもう旦那様は、騎士団には戻らないそうです。ただ、少しお仕事のお話をしておられますので、部屋で待っていてくれ、と言付かっております」

「本当？　義兄様、今日はおうちにいるの？　夜、一緒に寝《ね》てくれるかな？」

「ええ、もちろんでございます」

エルサの言葉にセドリックが嬉しそうに飛《と》び跳《は》ねます。

この一週間は、騎士団から帰って来られなかったので、喜びも一入《ひとしお》です。

「セディ、お部屋に戻りましょうか」

「姉様、その前に図書室に行こう？　夜、義兄様と読む本を探したいの」

「ふふっ、いいですよ」

「ありがとう、姉様」

にこりと笑ったセドリックと手を繋《つな》ぎ、小広間を後にします。

胸の奥に芽生えた不安に気付かないふりをして、セドリックの話に耳を傾《かたむ》けるのでした。


「あんな可愛い奥さんを一年も放置してたなんて、罪な男ねぇ」

「その口調はやめろ」

私——ウィリアムは、女口調をやめないマリオに顔を顰めて、デスクに寄りかかる。アルフォンスは、漸《ようや》く笑いが治まったのか、フレデリックから水を貰《もら》って喉を潤《うるお》していた。

「ちょっと離れるだけなのに何度振り返るんだか！　仲が良くて何より！」

笑うだけ笑って、アルフォンスは軽《かろ》やかに言った。

「私はさっさと話を済ませて、愛《いと》しい妻と可愛い弟と庭を散歩するんだ。出すものを出せ」

「さっきも思ったが、随分と愛妻家になったんだな」

マリオは呆気《あっけ》にとられたような顔で私を見ている。

「ね、面白《おもしろ》いでしょ？」

ケラケラと笑いながらアルフォンスが言った。

「あの女嫌《おんなぎら》いのウィルがべた惚《ぼ》れとはな。世の中、何が起こるか分からないもんだな」

いい加減にしろという意味を込めてじろりと二人を睨《にら》む。

「分かった、分かったよ、仕事すればいいんでしょ、仕事すれば。カドック、例のあれちょうだい。まずは人身売買の件で捕《つか》まえた外交官の関係者を軒並《のきな》み調べてるんだけど……」

そう言ってアルフォンスがカドックの差し出した資料を受け取り、目当てのページを開いてデスクに置いた。私とマリオが覗き込む。

「直属の上司であるフックスベルガー公爵《こうしゃく》が不可解な動きを見せているんだよね」

「不可解な動き？」

「やけに小麦を仕入れているんだよ。フックスベルガー公爵領は去年も今年も干ばつや長雨による不作はないし、病気だって流行《はや》ってない。充分《じゅうぶん》な備蓄《びちく》を確保しているはずなのに、何故かこっそりと小麦を買い集めているんだよねえ」

「……確か公爵が外交を担《にな》う属国の内の一つ、デストリカオ国は、昨年の酷《ひど》い長雨で小麦が大打撃《だいだげき》を受けて、一昨年も不作だったために備蓄がなく危機的状況《じょうきょう》だったはずだな」

私は眉間《みけん》に皺《しわ》が寄るのを自覚しながら資料に目を通す。

「そう。そして、戦時中デストリカオ国は、鉄資源が豊富で武器と火薬を製造し、他国に売りつけ国の収入源としていた。今はこちらが武器の製造に関しては全てを管理して、宝石加工や鉄製品製造による収入へと移行させている最中だけど……何事も都合良くはいかないものだよ」

アルフォンスが分厚い紙の束をデスクに置いた。

今の話を更《さら》に細かく分析《ぶんせき》したものがそこに書き込まれていた。そして、デストリカオ国の武器及《およ》び火薬の密造についての子細な調査結果も記されている。

戦争が終わってまだ七年。クレアシオン王国は属国から過剰《かじょう》な搾取《さくしゅ》をしたり、労働力として国民を差し出させたりはしていないが、それでもかつては自立した国家であったプライドはそれぞれに残っている。独立を虎視眈々《こしたんたん》と狙《ねら》っている国があるのは事実だ。

その中で特にその傾向《けいこう》が強いのは――フォルティス皇国。

私が救国の英雄《えいゆう》と呼ばれるようになる戦争をしていた相手であり、私を最も憎んでいる国だ。フォルティス皇国の属国だったデストリカオ国は、同時にかの国にとって最大の武器の供給源だった。そのデストリカオ国を奪《うば》い取《と》ったのも他ならない私だ。

「もっと決定的な関与《かんよ》の証拠《しょうこ》を摑《つか》まない限り、公爵を捕まえるのは不可能だ」

「ちょっと僕より長生きしている分、あれこれ蓄《たくわ》えているからねぇ」

アルフォンスがため息交じりに零《こぼ》す。

「公爵のことは以上だよ。他の外交官については今のところ特に急ぎの報告はないし、どれもこれもまだ不確定要素が多くてね、ここまでしか報告はできない」

「分かった。……それでそっちは？」

私はマリオに顔を向ける。

資料を読んでいたマリオは、「ああ」と一つ頷いて、懐《ふところ》から一枚の紙を取り出した。

彼は、騎士団を退いた後、デザイナーに転身した。デザイナーとして、様々な屋敷に呼ばれるようになると、そこで得た情報を命の恩人だからと私に逐一《ちくいち》報告してくれるようになった。今では心から信頼《しんらい》できる友人であり、諜報《ちょうほう》部の一員でもある。

今回は、リリアーナとセドリックの実家であるエイトン伯爵家について、かなり深いところまで探《さぐ》りを入れるように頼んでいたのだ。

「まず、サンドラ。悪いがいきなりの離縁は想定外で行方《ゆくえ》はまだ摑めていない。だが、今日明日には必ず見つけ出す。それで……ええっと本題だ。サンドラは、領地の管理人を篭《ろう》絡《らく》して、台帳の数字を改ざんし、差分を横領していた」

「うわー。エイトン伯爵領の規模に対して収入が少ないなって思ってたんだよねぇ」

アルフォンスがやっぱりケラケラと笑うがその空色の眼差《まなざ》しは、どこか剣呑《けんのん》だ。

納税金を横領するということは、領民を蔑《ないがし》ろにすることだ。領民は全てクレアシオン王の愛しい子と言われるこの国において、それは王家を欺《あざむ》く行為《こうい》でもある。

「それとマーガレットは、ちょっと種の出所が分からない」

私は、アルフォンスと顔を見合わせ、マリオを振り返る。

「リリアーナ様の誕生する半年前にマーガレットは産まれたことになっているが、本当の誕生月はそのひと月前。サンドラと実家の男爵家は、助産師と医者を金で買収して出生届を誤魔化《ごまか》したんだ。予定日通りに産まれてしまうとエイトン伯《はく》の子ではないことが分かってしまうからな。夫人がマーガレットを身籠《みご》ったその月、エイトン伯は彼の父に連れられて結婚の挨拶《あいさつ》をしに領地にいたからだ。実際、赤《あか》ん坊《ぼう》の成長は個人差が激しく、何の知識もなければまず、気付かないだろうから、伯爵はまんまと騙されたってわけだ」

アルフォンスが「……じゃあ、誰《だれ》の子？」と首を傾げる。

「さあね、随分と奔放《ほんぽう》に遊んでいたみたいだから流石《さすが》の俺もそれは調べがつかなかった。だけど、リリアーナ様は、前妻のエヴァレット子爵のご令嬢だったカトリーヌ様の娘《むすめ》だから、血統はばっちりだ。セドリック様も伯爵の子なのは間違《まちが》いない。夫人も二度も馬鹿をやらかすほど阿呆《あほう》じゃないからな、後継《あとつ》ぎが産まれるまでは大人しかったんだろう」

「どうりでマーガレットとリリアーナは、欠片《かけら》も似ていないわけだ」

私は鼻で笑って、肩を竦《すく》める。

「ただ、ちょーっと厄介《やっかい》なのは、その義理の姉でもないマーガレットがどうにかしてリリアーナ様に会おうとしてるってことかな」

「ああ、私のところにも招いてほしいだとか、セドリックに会いたい、リリアーナに謝りたいという嘘《うそ》くさい手紙が度々《たびたび》来ていた」

「まあまあ、僕は寛大《かんだい》で優しい王様になる男だからね。マーガレットも一応、王国の民《たみ》である以上、僕らの愛しい子だ。だから縁談《えんだん》を用意しているんだよ。ボニフェース卿《きょう》っていうんだけど、ほら、彼って趣味《しゅみ》は独特だけど商売人としてはすごく優秀《ゆうしゅう》だからさ。これからのために僕もマーガレットを差し出したいんだよね」

「ボニフェース卿とはまたすごいのを見つけてきたな。あの嬢ちゃんには似合いだ」

マリオが、意地悪く笑いながら言う相手ということは、ろくな奴《やつ》じゃないのだろう。

「でしょー？　僕も得するし、マーガレットも片付くし、いいことずくめだよね！」

マーガレットのことは、伯爵家の惨状《さんじょう》に目を瞑《つぶ》ってもらう代わりに好きにしていいと言ってあるので、私は口を挟《はさ》まないが、できれば早く嫁《よめ》にやってほしい。

「あー……それで今から、ウィルにはかなり頭の痛い話なんだが」

マリオの随分と歯切れの悪い言葉に首を傾げ、先を促す。

「エイトン伯爵なんだが……黒い蠍《さそり》と繋がっている可能性が出てきた」

思わず目を見開く。アルフォンスでさえ、驚きに目を丸くしていた。

黒い蠍――クレアシオン王国をはじめ、近隣《きんりん》諸国を股《また》にかける犯罪組織だ。違法《いほう》薬物の製造、密売に始まり、人身売買、暗殺など多岐《たき》にわたる。今回、私が一週間も家に帰って来られなかった人身売買事件も黒幕はこの黒い蠍ではないかと捜査《そうさ》している最中だ。

「伯爵は賭場《とば》に負けた日は酒場でかなり深酒をしていたらしい。酔《よ》った伯爵が相手が誰かも確かめず、聞かれるままにあれこれ話した可能性があるんだ」

本格的に頭が痛くなってきた、と片手で額を押さえる。

「それでなんで黒い蠍かっていうとだな……ウィルがくれた人身売買の被害者《ひがいしゃ》リストに載《の》っていた貴族令嬢たちが最後に出席した夜会に、伯爵夫妻が必ず出席していたんだ。他に該当《がいとう》する貴族はいなかった」

はぁぁと隠しきれなかった大きなため息が零れる。

この事件の被害者は、捕まった外交官の白状した内容が本当ならば様々な国や地域で連れ去られた一般人《いっぱんじん》だ。だがその中に我が国の貴族令嬢が数名いることも捕まった男は白状した。

しかし、行方不明になっていながらどの家もそのことを騎士団に相談することも、公表することもなかった。調査の過程でどの家も多額の負債《ふさい》を抱えていることが分かり、脅《おど》されたのか、借金の返済のために娘を売《う》り渡《わた》したのかを捜査中だ。

「弱みを握《にぎ》られた伯爵が裏で手引きしていた可能性は否《いな》めない、というわけか」

「まあ、そういうことだな。……大丈夫か？」

マリオが心配そうに言った。私は手を上げて返し、寄りかかっていたデスクから離れ、椅子《いす》へ腰を下ろした。

「これから、俺はどう動く？」

マリオが問いかけてくる。

「サンドラを見つけ出してくれ。そして発見次第《しだい》、事情聴取《ちょうしゅ》のため騎士団に出頭するように伝えてくれ。必要な書状は後で渡す。伯爵のことは人数を増やして監視《かんし》する。それともしリリアーナやセディに危害を加えようとする気配を見せたら即刻《そっこく》報告をくれ」

「了解《りょうかい》」

「それとマリオ、もう一つ、お前には探ってほしいことがある」

私は顔を上げ、マリオを見据《みす》える。

「……九年前、リリアーナとエイトン伯が襲《おそ》われた事件についてだ」

第二章 恐怖の襲来

リリアーナに両親の離婚《りこん》を告げたあの日から早二週間が経《た》った。

秋の終わりが冬の始まりを仄《ほの》めかすようになった頃《ころ》、漸《ようや》くサンドラが呼び出しに応じ、騎士団《きしだん》へとやって来た。マリオが彼女を発見してから十日が過ぎている。

だがサンドラは、一人ではなかった。

私――ウィリアムの執務室《しつむしつ》にある応接用のソファにはサンドラと、そして、フックスベルガー公爵《こうしゃく》が並んで座っている。

マリオから報告を受けてはいたが、まさか本当にサンドラが公爵のもとに逃《に》げ込んでいるとは、こうして目《ま》の当たりにするまで信じがたいことだった。

「台帳の改ざんは、管理人が主人を思ってしたことです。主人が抱《かか》えていた借金を少しでも減らせればと……っ。だというのにあの人は、また五〇〇万リルも増やすだなんて……っ」

レースのハンカチを目元に当てて、涙《なみだ》ながらにサンドラが言葉を紡《つむ》ぐ。

私の隣《となり》に座るアルフォンスは、同情的な顔を作っているが、その空色の眼差《まなざ》しには侮蔑《ぶべつ》の色が滲《にじ》んでいる。

改めて向き合って見れば、サンドラという女性は、血のように毒々しい深紅《しんく》の薔薇《ばら》の花を連想させ、滴《したた》るような色気を持った女だった。

見事なほど豊かな胸も艶《なま》めかしくくびれた腰《こし》つきも男を誘惑《ゆうわく》するには充分《じゅうぶん》な魅力《みりょく》を兼《か》ね備《そな》えているし、彼女はそれの使い方を十二分に承知しているのだろう。

だがしかし、私にとってはリリアーナのほうが百億万倍も魅力的だ。

それにリリアーナの愛を受けて育ったセドリックもまた、こんなどうしようもない両親から生まれてきたのが不思議なほど素直《すなお》で無邪気《むじゃき》で可愛《かわい》らしい。

だから何が言いたいかというと、私は一刻も早く愛《いと》しい清純な妻と可愛い弟の待つ我が家に帰りたいという現実逃避《とうひ》をしているのだ。

「とてもとても情けなくて、主人のもとへは戻《もど》れませんわ。マーガレットも可哀想《かわいそう》に具合を悪くして寝込《ねこ》んでしまっているのです」

白々しい嘘《うそ》を並べ立てるなと言いたいのをぐっとこらえて、私はどうにか表情を取《と》り繕《つくろ》う。もし、彼女がここに一人だったのならばそれを言うことも容易《たやす》かっただろうが、それができない事情が彼女の隣に座っているのだ。

「サンドラ、可哀想に……ウィリアム君、こういうわけだから、彼女も彼女の娘《むすめ》も暫《しばら》く私が責任を持って預かるよ」

フックスベルガー公爵、ガウェイン・アイヴィー・ド・クレアシオン＝ザファウィー。アルフォンスの従兄弟《いとこ》で、現国王の甥《おい》にあたる。

国王とその兄は、親子ほども年が離《はな》れていたため、公爵とアルフォンスもかなり年が離れている。彼は確かもう五十を超《こ》えているはずだ。

外交大臣を担《にな》っている重役で、私とアルフォンスにとっては少々厄介《やっかい》な相手だった。この男の悪事の尻尾《しっぽ》は摑《つか》めそうで全く摑めないのだ。

「閣下、サンドラ様は私の大切な義弟《おとうと》の母君です。閣下にご迷惑《めいわく》をかけるわけには……」

「ウィリアム君、彼女とは夜会で知り合ってね。心優《やさ》しい彼女は妻に先立たれたこの老いぼれの話し相手になってくれた。その恩はここで返さなければね」

三日月形に細められたハシバミ色の瞳《ひとみ》は、獲物《えもの》を甚振《いたぶ》って遊ぶ猛獣《もうじゅう》のようだ。

「折角、アルフォンス殿下《でんか》がマーガレットのために調《ととの》えてくれようとしていた縁談《えんだん》も、今回ばかりは応えられそうにない。マーガレットはあまりのショックに寝込んでいるんだよ」

ううっと夫人がハンカチで口元を押さえて俯《うつむ》く。本当に涙が零《こぼ》れているのがすごいところだ。

「……そうですか、それは残念です」

アルフォンスが心から落胆《らくたん》しているといった様子で肩《かた》を落とす。

「申し訳ありません、殿下。憐《あわ》れな娘をどうかお許し下さいまし、マーガレットは父親をとても慕《した》っていたものですから、あまりにショックで……っ」

しかし、この女の口からは、自分の胎《はら》を痛めて産んだはずのセドリックの名前は一度も出てこない。この女も夫と同じように、マーガレット以外には興味がないのだろうか。

「サンドラ、君だって夜もろくに眠《ねむ》れていないと侍女《じじょ》が言っていたよ……顔色も悪い。ウィリアム君、すまないが今日はこれで失礼するよ」

言うが早いか公爵は、夫人の腰を抱《だ》くようにして立ち上がった。夫人は、公爵にしなだれかかり今にも倒《たお》れてしまいそうな儚《はかな》さを演出している。

どこまでが演技で、どこまでが計算なのか。ウィリアムは、すっと目を細めて夫人を観察するが、零れる涙が真実を見えにくくしている。あれが作り物の涙であったとしても、公爵が間に入っている以上、迂闊《うかつ》な真似《まね》はできない。

「サンドラ様、マーガレット嬢《じょう》もどうぞお大事に」

脇《わき》を通《とお》り抜《ぬ》けて部屋を出て行く夫人に声を掛《か》ければ、夫人は弱々しく微笑《ほほえ》み会釈《えしゃく》をし、公爵に支えられるようにして部屋を出て行った。控《ひか》えていた彼の執事《しつじ》と護衛もその背に続いて部屋を出て行き、応接間はアルフォンスと二人きりになる。

バタン、とドアが閉められてその気配が遠のき、消え去るのを待った。

「ああああ、もう！　くそっ！」

　アルフォンスが急に声を荒《あら》らげて、苛立《いらだ》たしげに髪《かみ》を掻《か》きむしる。

「……あのおっさんッ、また邪魔《じゃま》しやがってっ！」

「落ち着け、アル」

　そう声を掛けて、首元のボタンを外して緩《ゆる》める。テーブルの上にあったベルを手に取り振《ふ》れば、チリンチリンと涼《すず》やかな音が落ちた。そう待たずして、隣の部屋からフレデリックが姿を現す。

　気の利《き》く彼は既《すで》にお茶の仕度《したく》を調えてくれていたようで、カモミールの甘く爽《さわ》やかな香りが鼻先を撫《な》でていく。

「アル、ストレス緩和《かんわ》にいいぞ」

　ほら、とすすめればアルフォンスは訝《いぶか》しむように眉《まゆ》を寄せた。

「……ウィル、ハーブティーなんて好きだった？」

「リリアーナが好きで色々と教えてくれるんだ。可愛いぞ」

「……はいはい。あ、そうだ！」

　つまらなそうに返事をしたかと思えば、急にぱっと顔を輝《かがや》かせて制服のポケットに手を突っ込む。どうしたんだ、と首を傾《かし》げるとニヨニヨと嫌《いや》な笑《え》みを浮《う》かべながらアルフォンスが白いハンカチを取り出してウィリアムの目の前で広げた。

　ハンカチの右下には、王冠《おうかん》の下で二羽《にわ》の鷲《わし》が翼《つばさ》を広げて向かい合うクレアシオン王国王家の紋章《もんしょう》が彩《いろど》り豊かな糸で刺繍《ししゅう》されていた。その紋章の下には、アルフォンス・クレアシオンという名前が頭文字《かしらもじ》だけ刺繍されている。とても丁寧《ていねい》な仕事だと分かる素晴《すば》らしい逸品《いっぴん》だった。

「新しいハンカチか？　見事な刺繍だな。どこの店で誂《あつら》えたんだ？」

「ううん、貰《もら》ったの。——……リリィちゃんに」

間違《まちが》いなくその名前がアルフォンスの口から出てきた瞬間《しゅんかん》、時が止まった。

私はハンカチとアルフォンスを交互《こうご》に二度見、いや、五度見くらいした。

「一昨日《おととい》、警邏《けいら》の途中《とちゅう》で様子を見に行ったら『いつもありがとうございます』って、これをくれたんだ。色んなことに対するお礼だって、律儀《りちぎ》だよね」

「なんで私の許可なく会いに行っているんだ！」

「ほら、出先に寄ったついでにウィルを探しがてら、ね！」

「探しがてらって、一昨日、私は一日中、ここに缶詰《かんづ》めだったんだからわざとだろ！」

ハンカチを奪《うば》おうとするが、アルフォンスはひょいと私の手を避《よ》けて、さっさとそれをポケットに戻すと立ち上がって向かいの席へと逃げる。

「夫である私だって忙《いそが》しくてなかなか会う時間が取れないのにっ！」

外交官の逮捕《たいほ》以降、屋敷《やしき》に帰ることもままならず、五日前に帰った時も夜中だった上、朝陽《あさひ》が昇《のぼ》るより前に騎士団に戻らなければならなかったため、二人の寝顔《ねがお》しか見られなかった。

「私だってリリアーナの刺繍入りのハンカチは貰っているんだからな！」

「はいはい。自慢《じまん》されまくったから知ってるよ。それより、最近、リリィちゃんとセディはどうなの？　僕もちょっと立ち話をしたくらいだしさ」

「報告書によれば、元気だ。リリアーナは、マナーレッスンや勉強にやけに精を出しているそうだ。無理をしなければいいと少し心配だ。彼女は頑張《がんば》りすぎてしまうから。……セドリックは、まだ両親にされた仕打ちを引きずっているようで、時折、夜中に魘《うな》されて起きるらしい」

「セディは、本当に夫人の子？　さっきだって一度も息子《むすこ》のことには触《ふ》れなかったよ？」

アルフォンスが躊躇《ためら》いがちに言った。

「それは間違いない。セドリックは先代のエイトン伯爵《はくしゃく》にそっくりだからな。この間、屋敷に行った時に先代の肖像《しょうぞう》画《が》を見たんだが、笑ってしまうくらいによく似ていた。先代のほうが父親と言われてもしっくりくる」

「そっか。……でも、わっかんないなー。母上はもうこんなに大きくなった僕をまだ小さなアルフちゃんって呼ぶのに」

アルフォンスは心底理解できないといった様子で頭を掻いた。

「でも、まあセディにはリリィちゃんとウィルがいるからいっか！」

あっけらかんと笑って、アルフォンスがハーブティーのおかわりを要求する。フレデリックがすぐに彼のカップにおかわりを注ぐ。

「ウィルのほうは、調子はどう？　もう頭痛とかはないの？」

「違《ちが》う意味で頭は痛いが、絶好調だ。だが……」

アルフォンスが先を促《うなが》すように心配そうに首を傾げた。

私はティーカップに視線を落とす。

「記憶《きおく》の全てが戻ったと、そう思っているが……実は忘れてしまっていることを忘れているだけなのではないか、と。本当はまだ記憶に穴があるのでは、と不安になる」

人の記憶というものは随分《ずいぶん》と大雑把《おおざっぱ》だ。

普通《ふつう》ならば、特別な何かがない限り、一年前の今日何をしていたかなんて覚えていないのは当たり前のことで、気にも留めないだろう。私だってこの間まではそうだった。

だが、一度、全てを忘れて、そして記憶を取り戻してみるとふと、不安に駆《か》られるのだ。

思い出せていないことがあるのではないか、忘れたままのことがあるのではないか、と。

それが些細《ささい》なことならばいいが、重要なことだったらと考えると落ち着かない。

「リリアーナを悲しませるようなことだけはしたくないんだが、自分に自信がない」

「君なら大丈夫《だいじょうぶ》だよ」

アルフォンスはあっけらかんと言って、美味《おい》しそうに紅茶を飲む。

「だって君は、クレアシオン王国の英雄《えいゆう》だ。君はこの国の民《たみ》を護《まも》り抜いた男だよ？　たとえ、何かを忘れていたって、君ならリリィちゃんを護れるよ」

そう言ってアルフォンスは穏《おだ》やかに笑った。

「……ありがとう、アル」

「どういたしまして、かな？」

ふふっとアルフォンスは笑って、空になったカップを置いた。

そのタイミングを見計らってフレデリックが口を開く。

「旦那《だんな》様、公爵様にサンドラ様が攫《さら》われてしまったので、そのあたりの調整をしていただかないと、折角ディナー前に帰れそうだった予定が水の泡《あわ》になりますが」

「ああ、分かっている。何が何でも今日はリリアーナとセディと食事をするんだ」

「まさか公爵がサンドラと繋《つな》がっているとはねぇ。流石《さすが》の僕でも予想外だったよ。公爵は自他共に認める愛妻家で、五年前に奥方《おくがた》を急に喪《うしな》って抜け殻《がら》みたいになっていたからなぁ。そこに付け込まれちゃったのかな」

アルフォンスが言った。

「そこら辺も調べ直すしかないだろう。マリオの仕事が増えるな」

「ははっ。でもこればっかりは信頼《しんらい》できる人間じゃないといけないからね」

アルフォンスが立ち上がるのにつられて、私も席を立つ。パーテーションの向こうのデスクには、今日も今日とて書類が山積みだ。しかもまた夜会への招待状が三枚ほど置かれている。屋敷だけではなく、仕事場にわざわざ届けてくる者がいるのだ。

英雄である私が出れば、それだけでもプライドが満たされるようで、夜会への誘《さそ》いは絶えない。だが仕事が忙しすぎる上、夜会に出るよりリリアーナたちと過ごしたいので、また断りの返事を書かねばならない。確かに夜会は情報集めに最適の場だが、肌《はだ》に合わないのだ。

「フレデリック、部隊長たちを呼んで来てくれ。アル、人身売買オークションの開催《かいさい》場所の特定はまだか？」

「有力な場所は三つまで絞《しぼ》ったよ。部隊長たちが来るなら一緒《いっしょ》に中間報告してもいい？一度戻ってカドックを呼んでくるよ」

私が「分かった」と頷《うなず》くとフレデリックと共にアルフォンスが部屋を出て行く。

私はデスクの椅子《いす》に腰を下ろして、長くゆっくりと息を吐《は》き出す。

あの夫人には何か裏がある。直接相まみえたことで、それは確信へと変わっていた。

エイトン伯爵領は、豊かな土地だ。爵位《しゃくい》は伯爵だが、古くから王家に仕える由緒《ゆいしょ》正しい家柄《いえがら》であるのは間違いなく、これまで優秀《ゆうしゅう》な文官を多く輩出《はいしゅつ》してきた名家でもある。

しかし、あの夫人が妻になってから僅《わず》か十六年足らずでエイトン伯爵家は傾《かたむ》いている。現エイトン伯《はく》も人格に難はあれど、若い頃は文官としてそれなりに優秀な男だったのだ。

なんだか色々と根が深そうだ、と私はため息を零す。

「だが……必ず、私が君を護る。だから変わらず、笑っていてくれリリアーナ」

彼女の笑顔《えがお》を心に思い浮かべれば自然と笑みが零れて、やる気も出てきた。

とりあえず今日も愛しい妻と可愛い弟の笑顔が早く見たいので、一秒でも早く帰れるように頑張ろうと気を引《ひ》き締《し》め、私のサインを待つ書類に手を伸《の》ばした。


静かな図書室の中央に置かれたテーブルでは、セドリックが家庭教師のオズワルド先生と一緒にお勉強をしています。

オズワルド先生はエイトン伯爵家にいた頃からセドリックの先生をして下さっていて、慣れた先生のほうがいいだろうとウィリアム様が再びセドリックに付けて下さったのです。

あてもなく広い図書室を歩いて行きます。

私の中で父と継母《はは》は、夫婦《ふうふ》として永遠にそうあるのだと疑ったことはありませんでした。

それが呆気《あっけ》なく壊《こわ》れてしまったことが、私は多分、まだ信じられずにいるのです。

私はサンドラ様と違って、社交もできませんし、貴族女性としてはあまりに役立たずです。侯爵夫人《こうしゃくふじん》としては何をどうしても未熟です。その上、実家はウィリアム様にご迷惑ばかりおかけしていて、ウィリアム様から離縁《りえん》を切り出されても、致《いた》し方ありません。

もちろんウィリアム様を信じていないわけではありません。ウィリアム様は誠実で優しい方ですし、心から私を愛して下さっていることも日々、実感しています。

改めて求婚《きゅうこん》して下さった時、ウィリアム様は、「永遠の幸福を他ならない君と築いていきたい」と、そう言って下さいました。私はこの言葉に、私たちの関係は二人を死が別つその時まで、永遠に続くものだと信じることができたのです。

ですが、崩《くず》れてしまった永遠が弱い私の心を揺《ゆ》さぶるのです。

会えない日々が続くと、ウィリアム様が記憶喪失《そうしつ》になる前のことを思い出します。

以前の私には耐《た》えられたことでも、きっと今の私では、ウィリアム様に忘れられてしまったら耐えることなんてできないでしょう。無意識に鳩尾《みぞおち》に手が伸びます。

あんな風に私に笑いかけて下さるのは、本当は弱い私が見ている都合の良い夢なのでは、と不安になるのです。

「……こんなに弱くてはいけません。私は、英雄であるウィリアム様の妻なのですから」

ウィリアム様から頂いたサファイアのネックレスを握《にぎ》り締め不安を振り払《はら》います。

私の好きな恋愛《れんあい》小説も恋人《こいびと》たちが結婚《けっこん》するところまでは描《えが》かれていますが、その先の未来が描かれていることはあまりありません。

夫婦とは、本来、どうあるべきなのか、私には分からないのです。

以前、ウィリアム様は「私たちのペースでゆっくり歩んでいこう」と言って下さいました。ですが、いつもウィリアム様に歩幅《ほはば》を合わせていただくばかりではいけないと思うのです。私だってウィリアム様の隣を歩くための努力をもっとしなければいけません。

「まずは良い妻にならなくてはいけないはずです」

侯爵夫人と妻は少し違うと思うのです。

デビューをしていない私は社交ができないので、侯爵夫人として完璧《かんぺき》にはなれません。ですが、妻としてなら何かできることがあるのではないかと思うのです。

愛しているから、大切だから、ウィリアム様にとってただ一人の妻として何かをして差し上げたいのです。

夫婦とはきっと、与《あた》えてもらうばかりでも、与えるばかりでも、壊れてしまうのです。

ぱっと思い浮かぶのは、小説で読んだ料理上手な妻ですが、侯爵家にはフィーユ料理長さんをはじめとした素晴らしい料理人がたくさんいます。お掃除《そうじ》に関しても、優秀なメイドさんがたくさんいますし、他のことに関しても専門の使用人さんがそれぞれ存在しているのです。それに私が手を出すと皆《みな》さんのお仕事を奪うことになってしまいます。

「貴族女性としての良き妻……なかなか難しいです」

庶民《しょみん》だったらもう少し課題が簡単だったのでは、とついつい考えてしまいます。

「私も何か、ウィリアム様にして差し上げられるといいのですが……」

うんうんと悩《なや》みながら私は、広い図書室をうろうろと歩き回ります。

小さな声で「奥様《おくさま》」と呼ばれて顔を上げるとエルサがこちらにやって来ました。

「どうしました？」

「今夜は、旦那様がディナー前にお帰りになるそうです。明日は王城で会議があるそうですので、朝食もこちらでとられて、それからお出かけになるそうですよ」

「まあ、本当？」

「はい。先ほど報《しら》せが参りました」

思わぬ報せに、喜びのあまり私はぴょんぴょんと跳《は》ねたくなるのを我慢《がまん》します。

五日ほど前は深夜に帰宅し、夜明け前に出勤されたというお話を朝になってエルサから聞いただけでお顔も見られませんでした。

「エルサ、ディナーのドレスを選んで下さる？」

エルサが「もちろんでございます」とくすくすと笑って頷いてくれます。

私はウィリアム様が帰って来て下さるのが嬉《うれ》しくて、悩んでいたことなど忘れてしまいそうでした。テーブルからも「今日はここまでです。宿題はまた次までに」というオズワルド先生の声が聞こえて、セドリックにも教えてあげなければと心がはやります。

案の定、ウィリアム様の帰宅にセドリックは大喜びで、司書のモニカさんに「お静かに」と怒《おこ》られてしまいましたが、モニカさんは微笑ましそうにしていました。

「姉様、楽しみだね！　僕、義兄様《にいさま》がゆっくり寝られるように、ベッドの横に飾《かざ》るいい匂《にお》いのお花をジャマルに貰ってくるね」

「ええ、よろしくお願いしますね」

嬉しそうに図書室を飛び出していくセドリックと慌《あわ》ててついていくアリアナさんを見送って、私とエルサも部屋に戻ります。

その夜は、言葉通りウィリアム様がディナー前に帰って来て下さり、楽しい食事の時間を過ごすことができました。

セドリックが大はしゃぎでウィリアム様にべったりだったので、二人きりの時間は取れませんでしたが、久しぶりに三人でゆっくりと眠ることができた夜でした。

ですが翌日、その平穏《へいおん》を覆《くつがえ》すような出来事が起こるとは、この時の私は思ってもいませんでした。

「ウィリアム様、ハンカチをどうぞ」

私が差し出したハンカチをウィリアム様が受け取り、ポケットにしまいます。

今日は会議が王城で行われるため、いつもは着けない勲章《くんしょう》を胸に着けますので、そのお手伝いをさせていただいています。

　フレデリックさんが出してきて下さったたくさんの勲章の内、今日は位の高いものだけを着けていくそうです。

「これは、こっち……これはここ、それはこれの上」

　ウィリアム様の指示通りに勲章をソファに掛けられた上着に着けていきます。太陽の形を模したものや、星の形を模したもの、リボンが着けられたものと様々です。

「式典の時はもっと色々と着けなければならないし、制服も式典用のものになるんだ。……今度、この勲章の意味を教えよう。セドリックも一緒に」

「あの子はウィリアム様をとても尊敬しておりますので、きっと喜びます」

　キラキラと顔を輝かせてこの勲章たちを見つめる姿が簡単に思い浮かびます。ウィリアム様も同じ姿を想像したのか、柔《やわ》らかな笑みを零しました。セドリックは、本当にウィリアム様が大好きなのです。

　逮捕された外交官の横領事件は毎日紙面を賑《にぎ》わせていますが、発覚した例の事件はまだ解決に至らないようでウィリアム様は本当にお忙しそうです。

「……すまないな、リリアーナ。セドリックとピクニックに行こうと誘ったのに……」

　ウィリアム様がしょんぼりと肩を落とされます。

　セドリックを助け出し、一緒に暮らせるようになったらピクニックに行こうとウィリアム様が言って下さったのは確かに覚えています。アップルパイを作る約束もしました。

ですが私が体調を崩してしまったことも延期の一因です。それにセドリックとの生活が落ち着くまでにも時間が必要でした。

「気になさらないで下さいませ。ウィリアム様は頼《たの》もしい騎士様ですもの」

「……ありがとう。リリアーナ」

ウィリアム様が嬉しそうに目を細め、私もつられて笑みを浮かべた時でした。

「……さま、姉さまっ！」

バタンッと勢いよくドアが開いて、セドリックが部屋に飛び込んできました。

「姉様！　こっちです、こっち！」

ノックもなしに飛び込んで来たセドリックを叱《しか》ろうとしましたが、セドリックは真っ青な顔をして私の手を取ると、何故《なぜ》か私をウィリアム様の衣装《いしょう》部屋《べや》へと連れ込もうとします。ウィリアム様とフレデリックさんもいきなりのことに驚《おどろ》いています。

「セディ、どうしたんだ？　リリアーナが困っているよ」

ウィリアム様が衣装部屋のドアの前に立ちはだかってセドリックを止めてくれます。

「姉様を隠《かく》すんです！　義兄様のお部屋なら絶対に入れないから、だからっ」

セドリックは泣きそうになりながら、必死な様子でぐいぐいと私の手を引きます。

「リリアーナを隠す？　なんで？」

「セ、セドリック様、お待ち下さいぃ……っ」

振り返れば肩で息をするアリアナさんが入り口に現れました。フレデリックさんが駆け寄《よ》ります。

「どうしたんです、何があったんですか？」

セドリックはウィリアム様のお見送りを済ませた後に、今日はそのまま外で乗馬の訓練をする予定でしたので、先にエルサとアリアナさんと一緒に外に出ていたはずなのですが。

「し、下にサンドラ様がいらっしゃって……セドリック様、とても足がお速いです……っ」

アリアナさんが息も切れ切れに言った言葉に私は息を呑《の》みました。ウィリアム様の表情が鋭《するど》いものになり、セドリックはウィリアム様ごと私を衣装部屋に押し込もうとしています。

「あの人が？　アーサーは？」

「対応しておりますが、セドリック様を……その、引き取りに来た、と……」

アリアナさんが私たちの顔色を窺《うかが》うように告げました。

「絶対に渡《わた》しません！」

ほとんど反射的に叫《さけ》んで、セドリックの腕《うで》を引いて、抱き締めました。セドリックがしがみつくように私の背中に腕を回してきました。小さな体が震《ふる》えています。

どうしてまだそのようなことが言えるのか、さっぱり分かりません。むしろセドリックをこれだけ傷付けておきながら、よくもここへ来られたものです。

恐怖より、不安より、怒《いか》りの感情が私の心を覆《おお》い尽《つ》くそうと暴れ出します。

ウィリアム様が大丈夫だと私とセドリックの頭を撫でます。

「大丈夫だ、二人とも。夫人にセドリックを引き渡すことはない」

「違う！」

私の腕の中でセドリックが叫びました。

「お母様のあの顔は、僕に会いに来たんじゃないもん。あの顔は……あの顔は、いつも姉様の部屋に行く時の顔だったもんっ！」

今にも泣き出しそうな顔でセドリックが叫んで、私にぎゅうとしがみついてきます。私はその背に腕を回しながら「どうして」と呟《つぶや》きました。

サンドラ様が私の部屋に来るのは、憂《う》さ晴《ば》らしに私を鞭《むち》で打つ時だけでした。乗《の》り越《こ》えたはずの痛みと恐怖が背中を駆け上がりました。

「リリアーナ、私が話を付けてくる。セドリックと一緒にここにいなさい」

「い、いえ……私も行きます」

一度、セドリックを強く抱き締めて私は顔を上げました。

心配そうに私を見つめる青い瞳と目が合って、大きな手が私の頬《ほお》を包み込みます。

「リリアーナ、無理をしなくていい。あの夫人はエイトン伯よりずっと手強《てごわ》い相手だ」

「確かにそうかもしれませんが……ウィリアム様がいて下さるのですもの。もう私を鞭で打つことはできません。それにこれまで一度だってセドリックのことを顧《かえり》みなかったあの人が、あんな酷《ひど》い仕打ちをしておいて、どうして今更《いまさら》この子に興味を持ったのか、知りたいのです」

青い瞳がじっと私を見据《みす》えます。セドリックが小さな声で私を呼びました。

私が瞬《まばた》きもせずに見つめ返していれば、青い瞳がふっと細められました。

「……分かった。確かに私がいれば流石にあの夫人も君には手が出せないだろう」

「ありがとうございます、ウィリアム様」

ウィリアム様は、当然のことだ、と笑うとセドリックに顔を向けて、しゃがみ込みました。俯いているセドリックの頰を大きな両手で包んで、その顔を覗《のぞ》き込みます。

「セディ、一応、聞いておくが……母上のところに帰りたいか?」

「嫌です。僕は姉様と義兄様がいるここがいいです」

ぷるぷるとセドリックが首を横に振って、淡《あわ》い金の髪がさらさらと揺れました。

その答えにウィリアム様は、ふっと微笑みを零します。

「セディ、君の大事な姉様は私が護る。もちろん、君もだ。あの人が君を引き取るには、まず後見人変更届《へんこうとどけ》を貴族院に提出して、審査《しんさ》を受けて変更許可証を発行してもらって、それに私がサインしなければ無理なんだ。私は絶対にサインしないし、私以上の後見人を見つけることはまず無理だ。何せ私は、この国の英雄だからね」

冗談《じょうだん》めかして言ったウィリアム様の言葉にセドリックが漸く顔を上げました。大きな紫《むらさき》色の瞳が潤《うる》んで今にも涙が零れそうです。ウィリアム様はセドリックの額にキスをして、小さな体を抱き締めました。

「大丈夫だから、ここでアリアナとフレデリックと一緒に待っていなさい。フレディはああ見えて、私の鍛錬《たんれん》に昔から付き合っていたからとても強いんだよ」

セドリックは旦那様の首に細い腕を回して、力の限り抱き着いた後、こくりと頷いて離れました。ウィリアム様がもう一度、セドリックの額にキスをして立ち上がります。

「フレデリック、アリアナ、頼んだぞ」

「かしこまりました」

きりりと表情を引き締めた二人が力強く頷きました。私も一度、セドリックを抱き締めて頬にキスをしてからウィリアム様が差し出して下さった腕に手を添《そ》えます。フレデリックさんとアリアナさんに「お願いします」と声を掛けてお部屋を後にします。

廊下《ろうか》には、いつの間にかアーサーさんが待機していました。

「一階の応接間にて、サンドラ様がお待ちです」

アーサーさんは私の姿に一瞬《いっしゅん》、驚いたような顔をしましたが、すぐにいつもの冷静な家令の顔に戻ります。ウィリアム様が鷹揚《おうよう》に頷いて歩き出します。

「リリアーナ、君のことは私が護るから、堂々としていなさい。君はウィリアム・ルーサーフォードの妻であり、スプリングフィールド侯爵夫人だ」

ふっと笑ったウィリアム様が私の反対側の手を取り指先に口づけてくれました。それだけで怖《こわ》さが霧散《むさん》していくのですから、やっぱりウィリアム様はすごい人なのです。

「それにお守りもある」

ウィリアム様が私の胸元《むなもと》で輝くサファイアを指差し、左手を取ると薬指の指輪にキスをしました。

私は「はい」とそのお言葉に頷いて、ウィリアム様と共に客間へと足を進めました。


「侯爵様、急な訪問でしたのに快く迎《むか》えて下さって、ありがとうございます」

「今後は、事前の連絡《れんらく》をしていただけると幸いです」

ウィリアム様が外用と私でも分かる事務的な笑顔を顔に張り付けて言いました。

サンドラ様は「承知しましたわ」と頷いて、手に持っていた扇子《せんす》を膝《ひざ》に置き、エルサが用意してくれた紅茶のカップを手に取りました。

「とても薫《かお》り高《たか》い紅茶ね。美味しいわ」

「サンドラ様、あまり時間がありませんのでよろしければ、どういったご用件でこんなに朝早くいらっしゃったのか教えていただけますか？」

「侯爵様はお忙しい身ですものね……ところで、」

ヘーゼル色の瞳がゆっくりと私に向けられました。カップがテーブルに戻されます。

「相変わらず随分と、小綺麗《こぎれい》にしてもらっているのねぇ、リリアーナ」

三日月の形に細められた瞳が酷く恐《おそ》ろしく思えて、膝の上で両手を握り締めました。

私とセドリックを遠い修道院に追いやろうとあれだけの騒《さわ》ぎを起こしておきながら、よくここへ来ることができると思いましたが、今日のサンドラ様は、以前と少し様子が違うように感じます。何がと聞かれても明確な答えは出せないのですが、なんだかその瞳の奥にぞっとするほど異質なものが見え隠れしているのです。

「そんな大粒《おおつぶ》のサファイア、貴女《あなた》、我《わ》が儘《まま》を言って侯爵様に買っていただいたんでしょう？　一年経っても子どもがいないのに、妻としての立場を与えて下さっているのだから少しは慎《つつし》みを覚えなさい」

「サンドラ様、離縁した今、リリアーナは貴女の娘ではない。私の妻に失礼な口を利くことは、私への侮辱《ぶじょく》と見なしますが？」

ウィリアム様が威圧《いあつ》するように言いました。サンドラ様が微《かす》かに目を細めます。

「……そうね、もう貴女は私の継子《ままこ》ではなくなってしまったものね。侯爵夫人として接しなければいけませんわね、リリアーナ様」

背筋が凍《こお》るような憎《にく》しみを孕《はら》んだ声と共にヘーゼル色の瞳が私を捉《とら》えました。

癒《い》えたはずの鞭打《むちう》たれた傷が痛んだような錯覚《さっかく》に陥《おちい》って、全身が強張《こわば》りました。ですが、すぐにウィリアム様が私の肩を抱き寄せて、ぴたりとくっつきます。

それだけで金縛《かなしば》りが解けて、全身に血が巡《めぐ》っていくのを感じました。

「いえ、過《あやま》ちは誰《だれ》にでもあることですから」

「寛大《かんだい》なお心、感謝いたしますわ、リリアーナ様」

そう言って、微笑んだ彼女の目には、ほの暗い憎しみの炎《ほのお》がゆらゆらと揺れていました。

「では、侯爵様もお忙しいようですし……本題に入ってもいいかしら？」

「ええ、そうして下さい」

ウィリアム様が頷いて、話を先へ進めるようにと促しました。

サンドラ様は、ありがとうございます、と笑って、何故かお庭のほうへと顔を向けました。

応接間の前にはテラスがあって、外でお茶を楽しむこともできますし、そのままお庭へ下《お》りることも可能です。

本題に入ると言ったのに、急にお庭を見つめたまま黙《だま》ってしまったサンドラ様に、私とウィリアム様は顔を見合わせました。

不意に、ちりんちりんと小さなベルの音が聞こえました。アーサーさんがウィリアム様に「来客のようです」と告げて、応接間を出て行きました。

「騎士団からの緊急《きんきゅう》連絡か？」

ウィリアム様がぽつりと零しました。

普通、来客の場合は先方から必ず先ぶれが参ります。ですが、ウィリアム様はこの王都を護る騎士様ですので、もちろん、急に事件が起これば駆け付けなければならないことも多々あります。そんな時に先ぶれなどとは言っていられませんので、急な来客は大抵《たいてい》、騎士団からの緊急連絡なのです。

「旦那様、確認《かくにん》をして参りましょうか？」

なかなかアーサーさんが戻って来ないからかエルサが申し出ました。ウィリアム様が「そうだな」と頷いてエルサが踵《きびす》を返したその時「お客様です」というアーサーさんの声がドアの向こうから聞こえてきました。

「客……？」

訝しむように眉を寄せたウィリアム様が、誰なのか尋《たず》ねようとした時、アーサーさんの制止する声とそれに「お黙りなさい！」と返す聞き覚えのありすぎる甲高《かんだか》い声がして、バタンと勢いよくドアが開け放たれました。

「ああ、旦那様！　お会いしたかったですわ！」

そう言ってこちらに駆け寄って来たのは、私の異母姉《あね》であるマーガレット様でした。ウィリアム様は咄嗟《とっさ》に私を背に庇《かば》いますが、マーガレット姉様はおかまいなくウィリアム様に抱き着こうとしました。ですが、冷笑《れいしょう》を浮かべたエルサによって羽交《はが》い絞《じ》めにされて止められます。マーガレット姉様は怒鳴《どな》ろうとしたようですが、自分を捕《つか》まえているエルサの笑顔に顔を青くして「こ、興奮してしまいましたわ、失礼」と曖昧《あいまい》な表情を取り繕ってサンドラ様の隣へと逃げました。

「マーガレット、未来の旦那様に会えて嬉しいのは分かりますけれど、侯爵夫人になるのですからもっと淑女《しゅくじょ》らしく、淑《しと》やかに振《ふ》る舞《ま》いなさい」

「ごめんなさい、お母様」

サンドラ様に窘《たしな》められ、マーガレット姉様はしおらしく頷いてサンドラ様の隣へと腰を下ろしました。

ですが、私と、おそらくウィリアム様やエルサ、アーサーさんもこの二人が発した言葉が全く理解できていませんでした。

「失礼、何故、義姉上《あねうえ》が私を旦那様と呼ぶのです？」

私や皆さんが抱《いだ》いていた疑問をウィリアム様が代弁して下さいました。

するとマーガレット姉様は、うっとりとした眼差しをウィリアム様に向けます。

「だって、侯爵様は私の旦那様になるんですもの」

「私はリリアーナの夫だ」

心底、不愉快《ふゆかい》そうにウィリアム様が一秒の間も置かずに否定しました。ですが、マーガレット姉様は全く動じません。

「照れないで下さいな。先日、お迎えに来て下さった時は、そいつとあの馬鹿弟のせいでろくにご挨拶《あいさつ》もできませんでしたでしょ？　その上、なんだか知らないけれどお父様も領地に行ってしまいましたもの。そうしたらお母様が準備を調えて下さったの」

本当に何を言っているのかさっぱり分かりません。

確かにあの時、サンドラ様は私を修道院に放り込み、代わりにマーガレット姉様をウィリアム様と結婚させると言っていました。間違いなく侯爵家の財産目当てでしょう。

まさかまだそのお話を引きずっているのでしょうか。

「馬鹿は休み休み言ってくれ。私は君を嫌悪《けんお》している。これっぽっちも情はない」

「そんな醜《みにく》い妹に気を遣《つか》わなくていいんですのよ？　旦那様は本当にお優しい方ですのね」

ウィリアム様は、お言葉通り嫌悪感もあらわに睨《にら》んでいます。それでもうっとりしていられるマーガレット姉様はある意味大物です。私だったら怖くて逃げ出してしまいます。

ウィリアム様はマーガレット姉様とは話が通じないと判断したようで、隣で微笑ましげに二人のやり取りを見守っていたサンドラ様に顔を向けました。

「どういうことですか？」

「先日も申し上げたではありませんか。侯爵様に相応《ふさわ》しいのは、美しいマーガレットだと」

サンドラ様は、心底、不思議だと言わんばかりに言いました。

「醜い役立たずの娘を一年も傍《そば》に置いて下さった侯爵様の恩情には心より感謝しておりますのよ。ですが、私にも良心がありますもの、若く将来も有望な侯爵様にいつまでも押し付けておくわけにはいきませんわ？　ですから、マーガレットを連れて参りましたの」

ふふっとサンドラ様は優しげに笑いました。

「一年経っても子どももできない。その上、わたくしたちにとって大切な社交もまともにできない。侯爵夫人として未熟どころのお話じゃありませんわ。良い妻とは程遠《ほどとお》いダメな娘です。ですから、マーガレットを妻にと再三、申し上げているのです」

何か言い返さなくては、と口を開いても言葉が一つも出てきませんでした。

サンドラ様の言っていることは決して、間違いではなく、事実なのです。

「マーガレットと別々に来たのは、この子は伯爵家の者ですから一度、向こうに寄ってエイトン伯爵家の馬車でやって参りましたの。数日分の着替《きが》えは用意してありますから」

「旦那様、私はそれと違って社交も得意ですのよ。妻として外でも貴方《あなた》を支えられますし……もちろん、夜のほうも」

マーガレット姉様がヘーゼル色の瞳を意地悪な猫《ねこ》みたいに細めて小首を傾げて言いまし

た。

「……さあ、リリアーナ。貴女の夢は終わりよ」

サンドラ様の優しく甘い毒を持った声が私を呼びながら、立ち上がり私の目の前にやって来て膝をつきます。私の手にサンドラ様の手が重ねられました。

「貴女はわたくしと一緒に帰るの。十五年近く母と子だったのですから貴女を見捨てるようなことはしませんよ。貴女にぴったりの嫁《とつ》ぎ先だってちゃんと用意してあるの。貴女のどうしようもないお父様がまた新しく作った借金一〇〇〇万リルを貴女と引き換《か》えに肩代わりしてくれるっていうんですもの。またとない話だわ」

サンドラ様の口から出てきた言葉に頭を殴《なぐ》られたような衝撃《しょうげき》が走りました。

「いっせんまん、とは……どういう、ことですか。私との結婚で三〇〇〇万リルをウィリアム様に肩代わりしていただいて、まだその返済も終わっていないというのに……っ」

「貴女のお父様が作ったのよ、領地から横領までして。だから今度も貴女が返すのよ」

サンドラ様がぐっと顔を近づけてきて、ちらりとウィリアム様を見ました。

「そうしないと……貴女の幸福全てを九年前みたいに、また、壊すわよ？」

私にしか聞こえないように囁《ささや》かれた言葉にひゅっと息を呑みます。サンドラ様は嫣然《えんぜん》と笑って身を引き、立ち上がりました。

「あんな醜い傷跡《きずあと》まである価値のない貴女に一〇〇〇万リルという値《ね》が付いたんだもの。

感謝しなさい。さあ、さっさと荷物をまとめて仕度をしっ」

サンドラ様が何を当たり前のことをと言わんばかりに告げる言葉をバキンッとすごい音が遮《さえぎ》りました。

私の呆然《ぼうぜん》と揺蕩《たゆた》っていた意識も現実に引き戻されて、音のしたほうに顔を向けました。

ウィリアム様の拳《こぶし》がテーブルに叩《たた》きつけられ、木製のテーブルが割れていました。

そして、肌を刺《さ》すような空気がウィリアム様から溢《あふ》れて、青い瞳は見たこともないような恐ろしい鋭さを湛《たた》えて目の前に座る二人を睨み付けていました。

「……私の大事な妻をこれ以上、愚弄《ぐろう》するな」

低く地を這《は》うような声が二人に向けられました。

「だ、旦那様？　どうなさったの？」

「ふざけるのも大概《たいがい》にしろ、私は君の夫ではないし、未来永劫《えいごう》、君の夫になることはない」

低く唸《うな》るような声にマーガレット姉様がついに顔を蒼《あお》くして口を噤《つぐ》みました。

「リリアーナは、私の愛する妻だ。彼女ほど身も、心も美しい人を私は知らない」

サンドラ様が僅かに目を眇《すが》めたような気がしました。

「……それとリリアーナとセドリックは間違いなくエイトン伯の血を引く、正当な血筋の者だ。だが、伯爵と離縁した今、あなたも、その厚かましい女もリリアーナとは無関係だ」

青い瞳がマーガレット姉様を一瞥《いちべつ》すると、微かに息を呑んだ音がサンドラ様から聞こえたような気がしました。

「わ、私だってお父様の娘よ！」

はっ、とウィリアム様がマーガレット姉様の言葉を嗤《わら》って、サンドラ様に目を向けます。

「知らないのか。あなたの娘は、生まれ月が本当は一月違うと」

「侯爵様、でたらめなことを言わないで下さいまし」

サンドラ様のヘーゼル色の瞳がどこか落ち着きなく揺れています。

私は不安になって、両手で包むように大きな手を握り締めました。するとウィリアム様は一度、私を振り返って「大丈夫だ」と唇《くちびる》で告げると手を握り返して下さいました。

「……マーガレット嬢。君はエイトン伯の娘ではない」

静かに告げられた言葉に否定を求めてマーガレット姉様がサンドラ様を振り返りました。

サンドラ様はそちらを見ませんでした。ただじっとウィリアム様を見つめています。

「イーノックとステラが教えてくれたんだ」

ウィリアム様の唇が嘲《あざけ》るように弧《こ》を描いて、その感情がサンドラ様に向けられます。あの恐ろしい微笑みが消《き》え失《う》せえて、強張った表情がその顔に張り付いています。

「お母様！　どういうことなの⁉」

マーガレット姉様が詰《つ》め寄りますが、サンドラ様は押し黙ったまま答えません。

「リリアーナはエイトン伯とエヴァレット子爵令嬢《ししゃくれいじょう》カトリーヌ様の血を引く立派なレディだ。だがマーガレット、君は母上の血筋しか確かなものがない。その母上も……先代の男爵《だんしゃく》と酒場の女給との間の娘だ。君の体に流れる血の半分以上が出所不明だ。絶対に絶対に絶っっっ対にありえないが、万が一、億が一、私とリリアーナが離縁したとしても、由緒あるスプリングフィールド侯爵ルーサーフォード家に、君を迎えることはありえない。大人しく王太子殿下からの縁談を受けていれば良かったんだ」

ウィリアム様はきっぱりと言い切るとくるりと私を振り返りました。

「君との離縁だけは絶対に嫌だからな。君が出て行ったら私は騎士の誇《ほこ》りを捨てて泣いて縋《すが》ってでも止めるからな！」

ぎゅうと両手を握られて、縋るように言われてしまいました。

「……はい」

私が頷くとウィリアム様は、ほっと表情を緩めて私を抱き寄せました。いつもなら何よりの安心がある場所なのに、心が冷えきってそこに私がいることに違和感《いわかん》を覚えました。

「サンドラ。先ほど妻に対する態度を諌《いさ》めたばかりだというのに……どうもあなたは、離縁したにもかかわらずいまだに自分がエイトン伯爵夫人のつもりでいるらしい。だが、たとえ、あなたが伯爵夫人であったとしても侯爵夫人である彼女より爵位は下になる。あなたも、そして君も、私の妻への口の利き方に気を付けろ」

「……い、嫌よ!! 嫌に決まってるじゃない、絶対に嫌!! なんで私が、リリアーナなんかに下に見られなきゃいけないの!?」

マーガレット姉様がいきなり立ち上がり、眦《まなじり》を吊《つ》り上げて悪魔《あくま》のような顔になりました。ウィリアム様が護るように抱き締める力を強くして下さいます。サンドラ様が姉様を座らせようとしますが姉様はその声も聞こえていないのか、鼻息荒く私を睨んでいます。

「それは産まれた時から、私より下の、何の意味も価値もない人間なの!! それがなんでスプリングフィールド侯爵様の妻なの!? 私のほうがこんなに美しいのよ!? 私のほうが優《すぐ》れているの！ 今すぐにそこを退《ど》きなさいよ！ 私のほうが侯爵夫人に相応しいんだから！」

マーガレット姉様はテーブルの上のティーカップを手に取り、振りかぶりました。

「アーサー！ エルサ！」

ウィリアム様が叫んだ瞬間、ひゅっと風を切る音がして丸い銀のお盆《ぼん》が飛んできました。

ウィリアム様は、パシッとキャッチするとそれを盾《たて》にして飛んできたティーカップを受け止めました。白いティーカップはカシャンと音を立てて砕《くだ》け散りました。中身はほとんど入っていませんが、当たっていれば怪我《けが》をしていたのは間違いありませんでした。

そして、銀のお盆が下ろされると、エルサの手によってマーガレット姉様は割れたテーブルに押さえつけられていました。サンドラ様は呆然とその光景を見ています。

「いたぁい、いたい！　いたいのよ！　放しな、もがっ」

「私に命令できるのは、この場において奥様と旦那様だけでございます」

うふふと笑ってエルサは、ますます姉様を押さえ込みます。姉様の白い頬に砕けたティーカップの破片《はへん》が刺さっているのか、テーブルの上にじわじわと赤い血が滲み始めました。

ウィリアム様が視界を遮るように私の頭をそっとご自分の胸に押し付けました。私は素直に従い、ウィリアム様の服に顔を埋《うず》めました。

「アーサー、縄を持ってこい。侯爵夫人を襲《おそ》おうとした傷害罪の現行犯で騎士団に連行する。ついでにこれらの保護者に引き取りに来るように連絡を」

「かしこまりました」

アーサーさんが部屋を出て行く足音がしました。

そしてすぐに何人かの足音が聞こえて「マーガレット！」と叫ぶサンドラ様が先に連れ出されたのが分かりました。

「おいで、リリアーナ。エルサ、あとは任せる」

「お心のままに」

エルサの返事に頷くとウィリアム様は、私を抱き上げて立ち上がり、そのまま廊下へと出ます。背後でドアの閉まる音がして、おそるおそる顔を上げました。

「ウィ、ウィリアム様、姉様は……？　まさかエルサ……こ、殺してませんよね？」

「大丈夫。うるさいから、エルサが雑《ぞう》き……ごほん、ハンカチを口に入れて封《ふう》じただけだ」

「そう、ですか……」

ウィリアム様は、私の頬にキスをして歩き出しました。

「リリアーナ。今日は私と一緒に王城に行こう」

「……はい？」

「迎えが来るまであの二人は我が家に留め置くことになる。いつもなら多少の遅刻《ちこく》もいっそ休むこともできるが、今日は報告会議でとても休めないし遅刻も不可だ。だからセディも一緒に行こう。そのほうが安全だからな」

「わ、私、王城なんてっ」

ぶんぶんと首を横に振りましたが、ウィリアム様は「だめ」の一点張りで許してくれそうにありませんでした。

ウィリアム様の部屋の前で、私は泣きそうな気持ちで頷きました。

「ならせめて、エルサも一緒に」

「大丈夫、エルサが君から離れるわけがないんだから」

そう言って笑ったウィリアム様は、ドアを開けると私を下ろして下さいました。

するとセドリックが泣きながら飛び出してきました。

「姉様っ、姉様っ！　お母様に何もされてない？　怪我してない？　大丈夫？」

腕の中に飛び込んできたセドリックを抱き締め返して、私は「大丈夫よ」とその髪にキスを落としました。

「フレデリックさん、アリアナさん、ありがとうございました」

「セドリック様、ずっと奥様を心配しておられましたが、泣かずに頑張ったのですよ」

アリアナさんがこっそりと教えて下さいました。今は私の腕の中でわんわんと泣いていますが、私たちが戻るまでの間は一生懸命《いっしょうけんめい》、涙をこらえていてくれたのでしょう。

「フレデリック、下でエルサの様子を見て来てくれ。アリアナ、リリアーナとセディも一緒に王城へ行くから仕度を頼む。すぐにエルサも来るだろう」

フレデリックさんが頷き、颯爽《さっそう》と去っていきましたが廊下に出た瞬間、走っていく音が聞こえました。姉様は悪魔みたいな人なので、私もエルサが心配です。

「義兄様、お、お母様、もういない？　姉様とられない？」

顔を上げたセドリックがしゃくりあげながらウィリアム様を見上げます。ウィリアム様はしゃがみ込むとセドリックを抱き締めました。

「ああ、もういないよ。それに姉様は誰にも渡さないよ、リリアーナがいなくなったら私は生きていけないからね」

それはセドリックだけでなく、同時に私にも向けられた言葉でした。

ウィリアム様の手がいつの間にか無意識に鳩尾を押さえていた私の手に重ねられました。

「大丈夫、私がリリアーナを手放すことは未来永劫、ありえないよ」

セドリックは、黙ったままこくりと頷いてぎゅうっとウィリアム様に抱き着きました。

私はなんとなくある事実に気付いて、ゆっくりと息を吐き出しました。

「……ウィリアム様は、ご存じ、だったのですか？　先ほどの、色々なこと」

暴かれた秘密は何もかも私の知らないことだらけでした。セドリックがいるため濁《にご》した言葉に、ウィリアム様は微かに眉を下げました。

「私の管理下に置くにあたって調べたことだからね。だが、君には責のないことだ。この件については後でゆっくり話そう。でも先にこれだけは言っておくよ。私にとって君は、何があってもたった一人の大切な私の妻だよ」

鮮《あざ》やかな青い瞳に映る私は、どこまでも情けない顔をしていて、ぐちゃぐちゃになっている心の中を悟《さと》られたくなくて逃げるように俯きました。

そんな私にウィリアム様は何も言わず、ただそっと慰《なぐさ》めるように髪を撫でてくれたのでした。

第三章　三人目のお客様

王城と言っても王族の方が暮らすほうではなく、文官さんが主に働いている会議塔《かいぎとう》と呼ばれる場所に私たちは到着《とうちゃく》しました。

ウィリアム様は、女性と男性の近衛騎士《このえきし》様に私たちの護衛を言い付けるとフレデリックさんに急《せ》かされるようにして、急いで会議へと行かれました。

案内されたのは、会議塔の三階にある来客や文官さんの仮眠《かみん》のためのお部屋でした。

お部屋には天蓋《てんがい》付きの大きなベッドとソファセットがあります。

私はソファに腰《こし》かけ、私の膝《ひざ》を枕《まくら》にして眠《ねむ》ってしまったセドリックの頭を撫《な》でながら、ぼんやりと窓の外を見ていました。

窓の向こうには晴《は》れ渡《わた》った秋の空が広がっています。防犯上、嵌《は》め殺《ごろ》しになっている窓は開けることはできませんが、すぐ近くに植えられている大きな木の枝に小鳥が二羽《にわ》、並んで羽を休めている姿が見えました。

「奥様《おくさま》、何か飲まれますか？　ハーブティーのご用意もありますよ」

エルサの言葉に私は首を横に振《ふ》ります。

「いいえ、今は大丈夫《だいじょうぶ》です。エルサもアリアナさんも朝から、疲《つか》れさせてしまったでしょう？　そこのソファにかけて少し休んで下さい。……これは奥様命令ですよ」

躊躇《ためら》っていたエルサとアリアナさんでしたが、付け加えられた言葉におずおずと向かいのソファに腰を下ろしてくれました。

ここは、お屋敷《やしき》のお部屋よりずっと静かです。侯爵家《こうしゃくけ》の皆《みな》さんはせっせと働く働き者ばかりなので、屋敷はいつも誰《だれ》かの声が聞こえたり、気配がそこかしこにあったりします。

私は、すーすーと穏《おだ》やかに眠るセドリックの淡《あわ》い金の髪《かみ》をゆっくりと撫でます。

涙《なみだ》の流れた痕《あと》は目じりを赤くしたままで少し腫《は》れているような気がします。セドリックは、ここへ来てすぐにこうして眠ってしまいました。

「奥様」

エルサに呼ばれて顔を上げます。

紺色《こんいろ》の瞳《ひとみ》が心配そうに私を見つめていました。アリアナさんもエルサとそう変わらない表情を浮《う》かべて私を見つめています。

「あの二人の言うことなど聞いてはいけませんよ。貴族令嬢《れいじょう》として奥様は素晴《すば》らしい血統をお持ちですし、価値がないなんて言ったら旦那《だんな》様に怒《おこ》られますよ」

「そうですよ。奥様はとってもお綺麗《きれい》で、優《やさ》しいですし、いい匂《にお》いがしますし、スタイルも抜群《ばつぐん》で、刺繍《ししゅう》もお上手ですし、淑女《しゅくじょ》として完璧《かんぺき》です！」

アリアナさんまで懸命《けんめい》に言い募《つの》ります。

二人が私を慰《なぐさ》めようとしてくれているのだと気付いて、私はふっと笑《え》みを零《こぼ》しました。

「ありがとうございます」

私が笑いかけると二人はなんだか情けない顔になってしまいました。

「……大丈夫ですよ。二人に黙《だま》って修道院に行ったりなんてしませんから」

肩《かた》がぴくりと跳《は》ねて気まずそうに二人は顔を見合わせていました。私は、ふふっと笑って、再び窓の外へ顔を向けます。すると小鳥が一羽、増えていました。一回り小さな小鳥は、模様と色は同じですから、この夏に孵《かえ》ったばかりの雛《ひな》かもしれません。

サンドラ様が囁《ささや》いた言葉が、私の中でぐるぐると渦巻《うずま》いています。

九年前、私は、父と出かけた先で暴漢に襲《おそ》われ鳩尾《みぞおち》に醜《みにく》い傷跡《きずあと》が残りました。彼女の言葉からして、きっと、あの暴漢を雇《やと》ったのはサンドラ様だったのです。

父を奪《うば》った母によく似た私への憎《にく》しみは、私が想像していたよりもずっとずっと、深く強いもので、きっと、今日、私が感じた恐怖《きょうふ》は、私への殺意だったのかもしれません。

サンドラ様は、ウィリアム様に視線を向けてから、私の幸福を全て壊《こわ》すと言いました。言葉にすることのできない恐怖が私に重くのしかかって、片手で鳩尾を押さえます。

サンドラ様は私を不幸にするためにウィリアム様を傷付けると示唆《しさ》していたのです。

「奥様、大丈夫ですか？」

エルサが立ち上がり私の前に膝をついて、顔を覗《のぞ》き込んできます。

私の大切な彼女も、膝の上で眠るセドリックも、アリアナさんやアーサーさんやフレデリックさん、私の大切な人を全て奪うことだって彼女は厭《いと》わないでしょう。

「サンドラ様は、私を不幸にするために……ウィリアム様やセドリックを……貴女《あなた》を傷付ける気かもしれないです」

微《かす》かに震《ふる》えてしまった声が悔《くや》しくて唇《くちびる》を噛《か》み締《し》めました。

「私が、ウィリアム様の傍《そば》にいたいと、望んだばかりに……っ」

「……奥様、そんなことをおっしゃらないで下さいませ。旦那様は、我が国一の騎士様で、英雄《えいゆう》です。あんな女に屈《くっ》するわけがありません。それに私も旦那様には及《およ》びませんが、強いのを知っておられるでしょう？　私もあんな女には負けません」

エルサは真《ま》っ直《す》ぐ私を見つめていて、温かい手が私の手を握《にぎ》り締めます。

「エルサ……」

「約束して下さったじゃないですか、『幸せになる』と。だから、旦那様と共にあることが貴女の幸せならば、絶対に手を放してはいけません」

私はウィリアム様の色を持つネックレスを撫で、次に永遠を誓《ちか》った証《あかし》である指輪に触《ふ》れます。いつもなら得られる大きな安心が、とてもか細い糸のように不安定です。

「そう、ですね。サンドラ様じゃなく、ウィリアム様を信じなければ。私は彼の妻なのですから」

「ええ。もちろんです。……やはり少し、何か飲まれてはいかがですか？　きっと心が落ち着きます」

エルサの優しい声に私は、子どものように頷《うなず》きました。

エルサが「では、ご用意しますね」と立ち上がろうとした時、コンコンとノックの音が聞こえ、アリアナさんがすぐにドアのほうへと行きました。表には護衛騎士様がいますので危ない人は入って来られないとは思うのですが、少々不安です。

「大丈夫ですよ、身分がないのであの方たちはここへ入って来られませんから」

私の不安に気付いたエルサが、握ったままだった私の手をそっと撫でてくれます。

すると慌《あわ》てた様子でアリアナさんが戻《もど》って来て、エルサに何事かを耳打ちしました。

驚《おどろ》いたような顔になったエルサは「失礼します」と告げて立ち上がり、代わりにアリアナさんが私の手を握りました。私より少し小さなアリアナさんの手は可愛《かわい》らしくて和《なご》みます。

エルサと女性の護衛騎士のジュリア様と男性の護衛騎士のエリック様の声に混じって、知らない男の方の声が聞こえてきます。

「……分かりました、少々、お待ち下さいませ」

エルサがそう言ってこちらに戻って来たので、私とアリアナさんは同時に振り返ります。

珍《めず》しくエルサが困惑顔《こんわくがお》です。

「どなたがいらっしゃったのですか？　アルフォンス様ですか？」

「いえ……先日、奥様がお助けした紳士《しんし》が、どうしても直接会ってお礼が言いたいと」

「先日、助けた……紳士？　ま、まさかフックスベルガー公爵《こうしゃく》様ですか？」

私の問いにエルサは「はい」と気まずそうに頷きました。

「旦那様に許可を貰《もら》って来たらしいのですが、旦那様は現在会議中ですので確認《かくにん》できませんし、かといって無下《むげ》にできるお相手ではありません」

「で、でも……ウィリアム様がいないのに……」

「……具合が悪いとお断りしましょうか。奥様、あまり顔色が良くないです」

エルサに言われて、頰《ほお》に手を添《そ》えました。朝から色々あったので疲れたのかもしれませんが、倒《たお》れるほどでも熱があるわけでもありません。

「……いいえ、お会いします。公爵様は、お忙《いそが》しい合間を縫《ぬ》って会いに来て下さったんですもの。頑張《がんば》ります」

「分かりました。私とアリアナがお傍におりますからね。では、お通ししますので、アリアナ、セドリック様をベッドのほうへ」

行ってきます、と告げてエルサがまたドアのほうへと戻りました。

「セドリック様、失礼しますねって、あれ？」

眠ってしまうとセドリックは重たいので私も手伝おうと思ったのですが、ドレスを握るセドリックの手が全然、剝《は》がれません。

「うー、やぁ……！」

無理やりに剝がそうとしたら、寝《ね》ぼけたセドリックは、いやいやをして私の腰に腕《うで》を回して尚《なお》のこと、離《はな》れなくなってしまいました。これは困りました。幼いながらどこにそんな力があるのか私とアリアナさんではびくともしません。起きたのかと思って声を掛《か》けますが、どうやら眠ったまま抱《だ》き着《つ》いているようです。

「こ、困りました、セディ、セディ」

可哀想《かわいそう》ですが起こそうと背中をとんとんしてみますが、起きる気配もありません。

私とアリアナさんが、あわあわしている間についにドアが開いてしまい、エルサと共に公爵様と、公爵様の執事《しつじ》さんが入ってきました。

「も、申し訳ありません……！　弟が離れなくなってしまいまして、も、もう少々お待ち下さいませ！」

立ち上がって挨拶《あいさつ》しようにもセドリックがいるのでそれもできません。

慌てて駆《か》け寄《よ》ろうとしたエルサを手で制して、公爵様はこちらにやって来ると穏やかに笑って、セドリックの寝顔を覗き込みました。この間よりもずっと顔色も良く、足取りもしっかりしておられます。

「この子が、君の弟君か。二人とも髪の色は、先代のエイトン伯爵夫人《はくしゃくふじん》譲《ゆず》りなのかな」

予想外のお言葉にきょとんとして公爵様を見上げると、公爵様は穏やかに微笑《ほほえ》んでセドリックの頭を優しく撫でてから向かいの席へと回って腰かけられました。

「そのままにしてあげなさい。随分《ずいぶん》と姉君から離れたくないようだから」

「お心づかい、ありがとうございます」

ほっと胸を撫で下《お》ろし、息を吐《は》き出しました。

少しの間を置いて、エルサが紅茶を運んできてくれました。薫《かお》り高《たか》いアッサムティーで、お茶菓子《ちゃがし》に小さめのパウンドケーキが用意されています。

「改めて私は、フックスベルガー公爵、ガウェイン・クレアシオン＝ザファウィーだ」

「私は、スプリングフィールド侯爵の妻、リリアーナ・オールウィン＝ルーサーフォードと申します」

お互《たが》い、分かってはいることですが改めて挨拶を交《か》わします。

倒れた紳士が公爵様だと知った後、私はアーサーさんに改めて、公爵様について教わりました。とっても優秀《ゆうしゅう》な方でこの国の外交の最高責任者だそうです。切れ者で男性と仕事仲間には厳しいですが、社交界では女性に優しいので昔から人気のある方だそうです。ですが五年ほど前に亡《な》くされた奥様を深く愛していらっしゃったそうで、奥様と結婚《けっこん》なさってからはあまり浮いた話は聞かなかったとアーサーさんは言っていました。浮いた話とはなんなのでしょうか。エルサに聞いたら「お可愛らしい」と言って教えてくれませんでした。

「……侯爵夫人、先日は本当に助かった。改めてお礼を言うよ、ありがとう」

「い、いえ……私はお傍にいただけですので」

「いいや、いち早く君が気付いてくれたお蔭《かげ》で軽く済んだ。そちらのお嬢《じょう》さん方《がた》もありがとう」

お礼を言われて、エルサとアリアナさんが恐縮《きょうしゅく》した様子で頭を下げました。

「少々、激務が祟《たた》ってね。年は取りたくはないが昔のようにはいかないね」

「ですが、今日はお顔の色もよろしくて安心いたしました」

まだお疲れは見《み》え隠《かく》れしていますが、先日のあの真っ青な顔色に比べれば天と地ほどの差があります。

「ああ、家の者にも怒られて、仕事も休み休みにしているんだよ。そういえば貰ったクッキーは、もしかして夫人が作ったのかな？」

「……はい。孤児院《こじいん》の子どもたちにプレゼントするととても喜んでくれるので、お菓子作りを時折するのです。あの時は、押し付けるような形になってしまって申し訳ありません」

「いやいや、とても美味《おい》しかったよ。なあ、ジェームズ」

「はい。私も旦那様の厚意に与《あずか》りまして頂きましたが、とても美味じゅうございました」

お世辞だと分かっていますが、褒《ほ》められるのはやっぱり慣れません。

後ろの執事の方は、ジェームズさんというお名前のようです。

「あの時、夫人が濡《ぬ》らしたハンカチを当ててくれただろう？　あれが随分と心地《ここち》良《よ》くてね。だがそのままハンカチを借りてきてしまったから、きちんと返したかったんだ」

公爵様がジェームズさんを振り返るとピンク色の薄《うす》くて四角い小さな箱が渡されて、公爵様はそれを受け取ると私へと差し出しました。

「遅《おそ》くなってしまってすまないね」

「いえ、わざわざありがとうございます。お気に入りのハンカチだったので嬉《うれ》しいです」

私は素直《すなお》にそれを受け取りました。確かめてくれ、と言われてリボンを解いて箱を開け、広げてみますが、シミ一つ、シワ一つありません。

「とても綺麗にして下さって、ありがとうございます」

「損《そこ》なわれていないようで、何よりだ。ところで、そのハンカチの刺繍は夫人が？」

「はい。私の唯一《ゆいいつ》の趣味《しゅみ》でして……」

このハンカチのピンクの薔薇《ばら》の刺繍は、私が侯爵家に嫁《とつ》いできて、お裁縫箱《さいほうばこ》を頂き、初めて刺《さ》したものなので思い入れのあるものです。

公爵様は、やはりそうか、と呟《つぶや》くとまたジェームズさんを振り返りました。ジェームズさんが今度は正方形の赤い箱をどこからともなく取り出して、公爵様に渡しました。公爵様はそれをまたテーブルの上に置いて、私に差し出します。

「うちのメイドたちおすすめの一番人気だという店の焼き菓子だよ。この間、助けてもらったお礼にと用意したんだ。殿下《でんか》が夫人は甘いものが好きだと教えてくれたのでね」

「いえ、そんな……私は本当にただお傍にいただけです。どうぞおかまいなく……っ」

私が慌てて首を横に降ると公爵様は、何故《なぜ》か優しく微笑みます。

「貴女は本当に……とても控《ひか》えめで謙虚《けんきょ》で心優しい女性だ。清廉潔白《せいれんけっぱく》なスプリングフィールド侯爵の妻に相応《ふさわ》しい人だね」

いきなりそんなことを言われて、今の状況《じょうきょう》では喜びきれない複雑な気持ちが溢《あふ》れて私は言葉に詰《つ》まってしまいました。

「それにその菓子は実は……賄賂《わいろ》、でもあってね」

公爵様がどこか躊躇いがちにおっしゃいました。賄賂という少々物騒《ぶっそう》な言葉に私はエルサと顔を見合わせて首を傾《かし》げます。物騒なお言葉の割に公爵様はどこかそわそわしていらっしゃるのです。不安とか緊張《きんちょう》というより、照れているといったほうがぴったりかもしれません。

「とりあえず開けてみてくれないか」

そう言われて私は、リボンを外して蓋《ふた》を持ち上げました。

中にはチョコレートでコーティングされ、ドライフルーツや飴細工《あめざいく》で飾《かざ》られたバームクーヘンが入っていました。

「二段重ねになっているから、その菓子も持ち上げてみてほしい」

「まあ」

言われるままにバームクーヘンが入っていた部分を持ち上げると、外からは分からないようになっていますが、上げ底になっていました。そこには青、白、濃《こ》い緑がグラデーションを描《えが》く刺繍糸が詰め込まれていました。バームクーヘンを隣《となり》へそっと置いて、中の刺繍糸を持ち上げます。

「普通《ふつう》は妻や恋人《こいびと》へのプレゼントを隠すところらしいんだがね……賄賂を隠してみたんだ」

「何の、賄賂なのですか？」

私の問いに公爵様は、ジェームズさんが差し出した何の装飾《そうしょく》もないただの箱から、一枚のストールを取り出しました。一見、白にも見えますが、角度によっては少し濃い水色にも見える綺麗なストールでした。正方形のそれは三角形に折《お》り畳《たた》んで使うものなのでしょう。

ですが残念なことに三角にした時の丁度真ん中に紅茶か何かを零してしまった薄いシミが広がっていました。

「これは私の妻が普段《ふだん》、羽織っていたストールで……彼女がいなくなってしまった後、ひざかけとして書斎《しょさい》で使っていたんだが、不注意で紅茶を零してしまってね。メイドたちが頑張ってくれたんだが、この通り完全には消えなくて……もともとは私が彼女にプレゼントしたものなんだが彼女は最期《さいご》の日までこれを使ってくれていて、なんだか申し訳なくてね」

公爵様は、膝の上に広げたそれを寂《さび》しそうに、哀《かな》しそうに目を伏《ふ》せて撫でました。

「……このシミを隠すように刺繍をしてほしいんだ」

「私に、ですか？」

この状況からしてどう考えてもそうなのですが、一応、確認のために尋《たず》ねると公爵様は、ああ、と頷きました。

そして懐《ふところ》に手を入れると、何かから破り取ったような紙を一枚、取り出しました。テーブルの上に置かれたそれには、小さな丸い五枚の花弁に縁《ふち》どられた青い花が描かれていました。その小さな青い花がたくさん咲《さ》いた花束を男性の手が握っています。

「これは最期にイスターシャが私に遺《のこ》したものだ。もう文字が書けなかったようで、これだけが封筒《ふうとう》に入れられていたんだ。だからこれが何の花なのか、何の本からちぎり取ったのかは分からないんだが……できれば、この花をモチーフにしてこれに刺繍をお願いしたい。この絵の通りのものではなくて、この花をメインにしてほしいんだ」

「こちらが絵の写しになります」

ジェームズさんがエルサに紙を渡して、エルサがそれを私にくれました。公爵様が見せて下さったものと全く同じ絵がそこに描かれています。

「……ですが、本当に私でよろしいのですか？　私より腕の良いお針子さんはたくさんいると思いますし……」

公爵様は緩《ゆる》やかに首を横に振りました。

「私を助けてくれた心優しい君がいい」

真っ直ぐに私を見つめる瞳は、懇願《こんがん》すら宿しているように見えました。

公爵様とウィリアム様があんまり仲が良くないことも本当は、アーサーさんに教えられています。だから私に会いに来たのは、何か思惑《おもわく》があるのかもしれませんし、もしかしたらこのお話だって嘘《うそ》である可能性があるのは承知しています。シミの付いたストールだって、この絵だって偽装《ぎそう》しようと思えばいくらでもできますもの。

でも、私には何かが公爵様を追い詰めているような、このストールにできてしまったシミのように淡く、けれど確かな不安が彼を苛《さいな》んでいるように見えたのです。

「……分かりました。私が公爵様のお力になれるのなら」

ハシバミ色の瞳が安堵《あんど》したように細められて、公爵様は微かに笑って下さいました。

「公爵様、もし公爵様がお嫌《いや》でなければ、奥様のことを教えて下さいませんか？　奥様のストールですからお二人のことを知りたいのです」

「もちろんだとも」

公爵様は嬉しそうに頷いて、紅茶で口を潤《うるお》します。私も紅茶を一口、頂きました。思っていたよりも喉《のど》が渇《かわ》いていて、ぬるくなった紅茶が美味しいです。

「妻はイスターシャというんだが、私が三十二歳の時に夜会で出逢《であ》ったんだ。彼女は私より十二歳も年下の可愛らしいご令嬢だった。綺麗な紫《むらさき》の瞳に君と同じ淡い金の髪だが癖《くせ》っ毛で、彼女はそれが気に入らないようだった。でも、ふわふわしたその髪が私は好きだったよ。美しく気高く、でも、素直ではなくてそこがまた可愛くて、猫《ねこ》のように可愛くて愛《いと》しい人だった。言葉がきつくて誤解されることもあったが……彼女は、人の痛みや悲しみや寂しさに寄り添ってくれる心優しい人だった」

淡い緑の混じるハシバミ色の瞳を愛おしそうに細めて公爵様は語ります。

「彼女は、とても活発でお転婆《てんば》なご令嬢でね。そして、とてもはっきりした性格で……くくっ、十六の時に一度、結婚が決まったが相手の男が浮気《うわき》をしたから、思いっきり殴《なぐ》って破談にしたそうだ。それで嫁《よめ》の貰い手がなくなって嫁ぎ遅《おく》れになってしまったんだよ」

公爵様は、可笑《おか》しそうに笑っています。私は驚きを隠せず、目を瞬《しばたた》かせました。

「あの日、イスターシャは、親友の令嬢がしつこい男に言い寄られているのを庇《かば》っていてね。だが、相手の男があまりにもしつこいから見かねて私が間に入ったら、タイミング悪く彼女が男にかけようとしていたワインを私が被《かぶ》ってしまったんだ。イスターシャはびっくりしすぎて固まっていた。だが我に返った途端《とたん》に彼女は随分と慌てて、くくっ」

公爵様はその時のことを思い出して、皺《しわ》の寄る目じりに涙を溜《た》めながら耐《た》えきれなかった笑いを零しました。

「彼女は『責任を取りますわ！　お婿《むこ》に来て下さいませ！』と叫《さけ》んでね。私はもうそれが面白《おもしろ》くて可笑しくて、迷わず『喜んで』と頷いたんだ。まあ立場上、私は婿には行けなかったから、彼女をお嫁さんとして我が家に貰ったんだけれどね」

「ふふっ、まるで物語の始まりを聞いているようです」

私も思わず笑ってしまいました。すると公爵様は「だろう？」と頷いて、笑います。

「彼女との毎日は、本当に面白くて、楽しかった。出会いが出会いで、育った国が違《ちが》ったからこちらの社交界では大変だったろうに、彼女は持ち前の明るさと元気でたくさんの友人を作り、外交を担《にな》う私を支え続けてくれた」

「奥様は他国の方なのですか？」

「いや、国籍《こくせき》はクレアシオンだったが、母君が異国の出身でね。当時はまだそこら中で戦争をしていたから幼い頃《ころ》の彼女は、比較的《ひかくてき》安全だった母方のおばあ様のもとで育ったんだ。新婚《しんこん》旅行で一度行けたきりだったが、自然が豊かでとても美しい場所だったよ」

懐《なつ》かしそうに過去に想《おも》いを馳《は》せる公爵様は、とても幸せそうに見えました。幸せそうで、けれど、寂しそうなそのお姿に、奥様を亡くされた公爵様の哀しみと奥様に向けられていた深い愛情があるような気がしました。

それから公爵様は、奥様との楽しく幸せな想い出をいくつも話して下さいました。

子猫を助けようとして奥様が木に登って肝《きも》を冷やしたお話、夫婦喧嘩《ふうふげんか》をして公爵様が家出をしたお話、夜会の時に美しく変身した奥様に見惚《みと》れたお話、本当にたくさんの幸福な想い出が公爵様の中に溢れているのが伝わってきました。

ですが、突然《とつぜん》、それまで穏やかに時に楽しそうに笑っていた公爵様の笑顔《えがお》が陰《かげ》って、その悲しみが濃くなりました。

「……残念ながら私たちは子どもには恵《めぐ》まれなかったが、それでも幸せだった。本当に幸せで豊かな日々だった。けれど彼女は……流行《はや》り病《やまい》に罹《かか》って呆気《あっけ》なく逝《い》ってしまった。床《とこ》に臥《ふ》せってたった二週間の出来事だった」

悲しそうに歪《ゆが》んだそのお顔にかける言葉が見つけられず、私は黙ってしまいました。

「あの時、私は仕事で同盟国のサザンディアにいた。移動を含《ふく》め一カ月の予定だった。その半ばにイスターシャは病に倒れた。家の者も医者も全力を尽《つ》くしてくれた。だが、彼女は病には勝てなかった。報《しら》せを受けて私は急いで屋敷に戻ったが、その時には既《すで》に彼女は天国へと旅立ち、もう二度と私に笑いかけてくれることはなくなってしまった」

膝の上で組んだ手に視線を落として、公爵様は自嘲《じちょう》の浮かんだ唇を隠しました。

けれど次に顔を上げた公爵様は、少し冷たい微笑みを浮かべていました。

「彼女にとって最期まで良い夫ではいられなかった」

「……そんなことは」

「いや、いいんだよ。この事実だけは変えようがない」

慰めの言葉は拒《こば》まれて、公爵様が急に遠い人になってしまいました。

ジェームズさんが何かを耳打ちすると公爵様は、ため息を零して顔を上げました。

「すまない、夫人。午後の会議の時間が迫《せま》っているようだ。名残惜《なごりお》しいが戻らねば。ストールの件、期限は決めないから、夫人が満足できるまで時間をかけてくれていい。出来上がったら手紙でもいいし、ウィリアム君を通してくれてもかまわないから教えてくれ」

そう言って公爵様が立ち上がりました。

「分かりました。あの、お見送り、を」

立ち上がろうとしますがやっぱりセドリックは離れてくれません。

「ははっ、いいよ。弟君を起こしては可哀想だ、ではまた」

公爵様はウィンクをして軽く会釈《えしゃく》をすると、ジェームズさんと共に出口のほうへ歩き出します。エルサが私の代わりにお見送りに行ってくれました。

バタンとドアが閉まる音がして、私はゆっくりとソファに身を沈《しず》めました。体中を覆《おお》っていた緊張をソファが吸い取ってくれているような気がします。

小さく息を吐き出して目を閉じます。なんだか今日は目まぐるしい日です。

「大丈夫ですか、奥様」

テーブルの上を片付けてくれたアリアナさんが心配そうに私の顔を覗き込んできます。

「緊張で少し疲れたみたいです。今日は朝から色々なお客様が来る日ですね」

「確かに、二度あることは三度あるって言いますが、もう三人来ましたから大丈夫ですよ！」

「ふふっ、そうですね」

私は小さく笑って頷きました。

目を閉じて、深呼吸を一つします。なんだか体がだるくて重いように感じるのです。公爵様はお優しい方ですので少し緊張しただけでしたが、久々に会ったサンドラ様とマーガレット姉様に、私は自分で思っていた以上に疲弊《ひへい》していたようです。

奥様、奥様と私を呼ぶエルサとアリアナさんの声がしますが応えたくても口が動かなくて、私は抗《あらが》うこともできず、そのまま意識を手放してしまったのでした。

会議が終わり、広い会議室からだんだんと人が減っていく。

ふう、と息を吐き出して眉間《みけん》の皺をほぐすように指で揉《も》む。頭の痛い話しかないというのも嫌なものだ。戦争とはろくなものではない。終わった後もあれこれ問題が多すぎる。

「旦那様」

顔を上げれば、フレデリックがこちらにやって来た。彼には屋敷や騎士団を往復してあれこれと奔走《ほんそう》してもらっていたからその報告だろうと首を傾げて先を促《うなが》す。

「あの女は地下牢《ろう》に。割れたカップで頬に傷ができていたので、最低限の治療《ちりょう》も」

フレデリックは淡々《たんたん》と告げる。それを聞きながらグラスに手を伸《の》ばして水を飲む。

そういえばエルサに押さえつけられたマーガレットの頬から赤い血が滴《したた》っていたのを思い出した。

「それと奥様の様子を見に行ってきたのですが、体調を崩《くず》されたようでございます」

「それを先に言え」

慌てて立ち上がろうとしたがフレデリックに肩を押さえられて椅子《いす》に戻る。何なんだ、と振り返ればフレデリックは相変わらず涼《すず》しい顔で表情が読めない。

「午前中、来客があったそうです。……フックスベルガー公爵様がお越《こ》しになって、奥様がお迎《むか》えしたそうです」

その名前を聞いた瞬間《しゅんかん》、無言のまま立ち上がり歩き出す。

そのまま会議室を出て、各会議室を繋《つな》ぐロビーに彼を見つけた。濃いブロンドにハシバミ色の鋭《するど》い瞳。彼の後ろには彼の執事が影《かげ》のように控えている。丁度、会議に出ていた文官と立ち話を終えて去ろうとするその背を呼び止める。

「フックスベルガー公爵」

「……おや、ウィリアム君」

振り返った公爵は、猫のように意地悪な笑みを浮かべて私に向き直る。

「午後の会議の前に奥方《おくがた》のところに挨拶に行かせてもらったよ。先日のお礼にね」

「私は、私がいる時に限り会うのはかまわないと先日お答えしたはずですが？」

「だが、君も私も随分と忙しくて時間が合わないじゃないか。大丈夫、夫人の傍にはあの怖《こわ》い侍女《じじょ》がずっと付いていたよ。すごいねぇ、彼女は。穏やかに笑って控えていたが、一度も警戒《けいかい》を怠《おこた》ることはなかった」

「お気を付け下さい。あれは主人を傷付けられるのを酷《ひど》く厭うもので、手を出せば貴方《あなた》の腕が飛びますよ」

「ははっ、それはそれは物騒だ」

公爵は、可笑しそうに声をあげて笑った。

傍《はた》から見れば私も彼も非常に楽しそうに話し込んでいるようにしか見えないだろう。外から見れば煌《きら》びやかで美しい世界は、ドロドロとしたものを腹の底に抱《かか》え込んでいるのだ。

「そういえば、お聞き及びですか？　……公爵が飼われている親子の猫が、朝早くに我が家に乗り込んできたのですが」

ハシバミ色の瞳が僅《わず》かに驚きを滲《にじ》ませた。こんな衆目の場で名前を出すわけにはいかず、あの母娘《おやこ》を猫に例えてみたが、公爵にはきちんと通じたようだ。

一度、王城に入ると使用人の出入りも制限される。それに公爵は午前中は王族の住居エリアで国王も参加する重役会議に出ていたはずで、よほどのことがない限り彼に連絡《れんらく》はつかない。

「朝一番に、母猫は公爵家の紋《もん》を、子猫のほうは実家の伯爵家の紋を背負った馬車で、何の前触れもなく突然、乗り込んできたのですよ」

ひそめた声に公爵の目元が僅かに引《ひ》き攣《つ》った。

よりにもよってサンドラは、まるで自分が公爵夫人だと振る舞うかのように、フックスベルガー公爵家の紋を刻んだ馬車で、我が家に乗り込んできたのだ。マーガレットは、エイトン伯爵家の馬車だったからまだいい。エイトン伯爵家はリリアーナとセドリックの実家であるから、我が家に来たとしても大した問題ではない。

だが、スプリングフィールド侯爵家と折り合いの悪いフックスベルガー公爵家が朝一番に我が家を訪《おとず》れ、尚且《なおか》つ、先日離縁《りえん》したばかりの元エイトン伯爵夫人がその馬車に乗っていたなど、好きなように勘《かん》ぐって噂《うわさ》をしてくれと他の貴族たちに言っているようなものだ。

我が家の使用人曰《いわ》く、サンドラは自分の顔が見えるように馬車の窓を開けたまま来たらしい。公爵はサンドラを後妻に迎える気は更々《さらさら》ないのだろうし、サンドラを保護していることは誰にも言っていないだろう。それに痺《しび》れを切らしたサンドラが強硬《きょうこう》手段に出たのだ。

公爵が後ろの執事に何かを言うと、執事は会釈してどこかへと姿を消す。

「……猫は、どうなったのかね？」

「子猫は、妻に襲いかかったので捕《つか》まえて檻《おり》に放り込みました。母猫は、まだ大人しくしていたので我が家の客間に逃《に》げ出さないように閉じ込めてあります」

「まさか怪我《けが》を？」

「檻に放り込まれたほうが……」

「あれはどうでもいい。侯爵夫人のほうだ。先ほど会った時に、弟君が彼女の膝で眠っていたから立てず、私も立たないように言ったんだが、まさか怪我をしていたんだろうか？」

少々意外な言葉に私は首を横に振る。

「私も傍におりましたし、侍女が子猫を捕まえて躾《しつ》けましたので妻に怪我はありませんよ。ただあの愚《おろ》かな二匹《ひき》の猫は、何故か私の家の猫になろうと押しかけてきたのです」

「子猫はあまり行儀《ぎょうぎ》が良くないから、部屋から出さないように命じていたんだが……一生面倒《めんどう》見てくれる新しい飼い主が決まるまで、と」

流石《さすが》の公爵も苦虫を噛み潰《つぶ》したようにため息を零した。

「だから言ったではないか。折角素晴らしい飼い主を紹介《しょうかい》しようとしたのに、手元に残したのは公爵だろう？　情が移っても、全ては飼いきれまいよ」

王太子として会議に出ていたアルフォンスがどこからともなく現れて私の肩に手を置いて言った。カドックがフレデリックの隣に立って事の成り行きを見守っている。

空色の瞳は、緩やかに細められているがその奥で鋭い光が威圧《いあつ》を伴《ともな》い公爵を睨《にら》んでいる。

「……母猫はすぐに引き取りに参ります。子猫は好きにしてくれてかまいません」

アルフォンスが顔を喜色に染めて、にんまりと笑った。

「それは良かった！　まとめたい商談があってな！　公爵のお蔭《かげ》で良い話ができそうだ！」

「殿下のお役に立てるなら、身に余る光栄です」

臣下の礼を取った公爵にアルフォンスは鷹揚《おうよう》に頷いた。

「安心せよ、公爵。あれには素晴らしい飼い主を用意し、永劫《えいごう》の幸福を与《あた》えることを約束しよう。だが、公爵」

頭を下げたままだった公爵が、僅かに顔を上げる。

「どのような恩が母猫のほうにあるかは知らぬが……猫が立てた爪《つめ》の痛みに縋《すが》って、公爵夫人を心に遺そうとするなよ」

アルフォンスの声は、凪《な》いだ海のように静かで穏やかだった。

公爵は、固く目を閉じた。体の横で握られた拳《こぶし》は微かに震えている。怒鳴《どな》りたいのを我《が》慢《まん》しているのかもしれない。

「……肝に銘《めい》じておきます」

かろうじてそう吐き出して、公爵は体を起こした。

「では、母猫を早々に引き取り、よくよく言い聞かせて躾《しつけ》を怠るなよ」

公爵は、深く頷きくるりと踵《きびす》を返すとさっさと歩いて行き、丁度、別の会議室から会議が終わって出てきた人の波の向こうに消えてしまった。

私は、来い、と言われてアルフォンスと共に仮眠室が並ぶ上の階へと足を向ける。

上の階は会議室が並ぶ下の階よりずっと静かだ。私は早足になりながらリリアーナがいる奥のほうにある部屋へと急ぐ。

「……お前、知ってるか？　王太子と副師団長、偽物双子《にせものふたご》説」

「ああ、知ってる知ってるー。王太子の僕と副師団長の僕は別人で実は一卵性《いちらんせい》の双子の兄弟説でしょ？　でもどっちかっていうと副師団長のほうが僕の素なんだけどねー」

アルフォンスがケラケラと可笑しそうに笑った。

副師団長である時のアルフォンスと王太子殿下である時のアルフォンスは二十三年の付き合いとはいえ、私でも疑いたくなるほど別人だ。

「ところでどこまでついてくる気なんだ？」

「え？　どうせだったらリリィちゃんに挨拶して、セディを抱っこしようかと思って」

部屋の前までついてきたアルフォンスに足を止める。表にいた護衛騎士のエリックが、突然の王太子殿下の登場にもともと真っ直ぐだった背筋を更《さら》に真っ直ぐに伸ばした。

「すまないが、今日は無理だ。リリアーナは体調を崩してしまったらしい」

ぱちりと空色の瞳が驚きに揺《ゆ》れる。

「なら、モーガン医師が城に入れるように手配しておくよ。見知った医者のほうがいいだろう？　それとも女医を呼ぼうか？」

「いや、モーガンのほうがいい。頼《たの》めるか？」

「もちろん」

「ありがとう。アルは先に騎士団に戻っていてくれ。例の人身売買事件の報告会議までには戻るから」

「いいけど、あ、ねえねえ、子猫ちゃんは僕の好きにしていい？」

「かまわないが……なんだかエルサが傷物にしたらしいぞ」

私は詳細《しょうさい》を知らないので、フレデリックに目配せする。フレデリックは、ふっと愉《たの》しそうに口端《くちのは》を吊《つ》り上《あ》げた。

「お美しいお顔の左半分にご自分で割られたティーカップの破片《はへん》がグサグサと……治療は最低限、お願いしましたので細かな破片が取り除かれて止血はされていると思いますが」

ふふっとフレデリックは愉快《ゆかい》そうな笑いを零した。

「ははっ、それはご機嫌伺《きげんうかが》いに行かないと！　カドック！　行くぞ！　リリィちゃんとセディには後でお見舞《みま》いの品を贈《おく》るからね！」

ぱぁっと顔を輝《かがや》かせたアルフォンスは、言うだけ言って踵を返しカドックを連れて早々に去っていく。カドックが慌ててその背を追いかけていった。フレデリックが「ではモーガン先生を連れてきます」と告げてその背を追っていくのを見送り、エリックの肩をぽんと叩《たた》いて労をねぎらい、中へと入る。

この仮眠室は来客用の特別仕様なので、部屋に入る前に控えの間がある。

控えの間から奥の部屋を繋ぐドアの前には、ジュリアがいて、ドアを開けてくれた。

部屋の中はカーテンが閉め切られていて薄暗かったが、私に気付いたセドリックがすぐに駆け寄ってきた。私の腹に顔を埋《うず》めたセドリックをひょいと抱き上げる。いつもの笑顔がそこにない。ぐすん、と鼻をすする音が耳元で聞こえた。

「どうしたんだ、セディ」

こちらもカーテンが閉められているベッドのほうへと歩きながらセドリックに問う。

「ね、さま……ひっくっ、おねつ……ふぇ」

朝の騒動《そうどう》に加えて、大好きな姉が倒れたことは、セドリックにとってかなり辛《つら》いことだっただろう。セドリックを抱え直し顔の横にある淡い金の髪にキスを落とす。

「リリアーナは？」

ベッドの傍に控えていたエルサに問う。

「眠っておられます。熱が少々高いようなのでお医者様に診《み》ていただいたほうがよろしいかと」

「モーガン医師を頼んである。顔が見たい」

エルサはほっとしたように表情を緩めるとベッドを囲んでいたカーテンを開けてくれた。白いシーツの海に沈むようにしてリリアーナが眠っている。白い頬が俄《にわ》かに赤く染まり、胸が苦しそうに上下している。私はセドリックを抱えたまま傍《かたわ》らに腰かける。

「まだ、屋敷には戻れませんか？」

「公爵は午前中、国王陛下との会議があったからさっき知ったばかりだ。夜には戻れないこともないだろうが、今夜はここで過ごしたほうがリリアーナのためだろう」

「かしこまりました」

「あと一時間はここにいるから、エルサとアリアナは食堂で一度、休憩《きゅうけい》してこい。二人が倒れたらリリアーナが悲しむし、私も困る」

「……かしこまりました」

未練の残る返事と共にエルサは頭を下げ、アリアナと部屋を出て行った。

三人きりになった部屋で、私はベッドに座り直しセドリックを抱え直す。セドリックは、ますますぎゅうと私の首にしがみついてくる。小さな頭を優しく撫でながら、リリアーナに顔を向ける。

深く眠っているのか起きる気配はない。布団《ふとん》の外に出ていた手を握り締めると、熱のせいかいつもはどこかひんやりしている華奢《きゃしゃ》な手はとても熱かった。

「にい、さま……ねえさま、だいじょ、ぶ？」

「ああ。すぐにモーガンが来てくれるし、私だっている。だから大丈夫だよ、セディ」

顔を上げたセドリックの白い頬は涙に濡れている。私はその涙を拭《ぬぐ》い、あやすように額にキスをした。セドリックは私の頬にキスを返すとまた私の首にしがみついて大人しくなる。とんとんとその背をあやしながら、私はモーガンの到着をただ静かに待つのだった。

「あーあ、こりゃ酷いねえ」

目の前に連れて来られたそれは、美しかったはずの姿は見る影もなくなっていた。最低限の治療が施《ほどこ》されたという顔は、僕――アルフォンスが見たいと言ったので、ガーゼも包帯も取《と》り払《はら》われていて、醜い傷跡があらわになっていた。

煌びやかなドレスを脱《ぬ》がされて粗末《そまつ》な女囚《じょしゅう》用の服を着せられ、後ろ手に縛《しば》られて椅子に固定されているマーガレット嬢はそれでもヘーゼル色の瞳に生意気な光を宿していた。この根性《こんじょう》だけは認めないわけにはいかないなあ、と僕は感心する。

僕は人払いをして、カドックだけを傍に残す。無機質な石造りの部屋に窓はなく、壁《かべ》の燭台《しょくだい》の灯《あか》りだけが部屋の中を照らしていた。

「あの使用人の女を今すぐにここへ連れてきて！　人殺しも同然だわ！　伯爵令嬢である私にあの女は、使用人の分際で怪我をさせたのよ⁉」

僕が席に座るや否《いな》やキンキン声で叫んだマーガレット嬢に顔を顰《しか》める。

猿轡《さるぐつわ》は嵌めたままにしとけばよかったと僕は後悔《こうかい》した。

僕は、ここへ来る前にちょいとばかし身形《みなり》を弄《いじ》って変装してきた。とは言っても蜂蜜《はちみつ》色の髪を特別な粉で茶色に変えて眼鏡をかけてきただけだ。髪は水をかければ元通りになるが、果たしてこのお嬢さんは、自分が相手にしているのが王太子だといつ気付くだろうか。

「にしても酷い怪我だねえ、痛いでしょ」

「痛いわよ！　あの女、私を押さえつけて更に傷を酷くしたのよ！　あの女も同じ目に遭《あ》わせて！　それにリリアーナもよ！　あの醜い化け物があの女に指示したに違いないわ！」

「侯爵夫人が？」

「この私を出し抜《ぬ》いて侯爵夫人に収まったあの女よ！　侯爵様を誘惑《ゆうわく》したに違いない

わ！」

　あの二人はまだ清い関係なんだけどねえ、と僕は心の中でぼやいた。

　これがあの可愛いセドリックと血が繋がっているかと思うと、セドリックが可哀想だ。

「リリアーナはね、伯爵令嬢なんかじゃないのよ。鞭《むち》で打たれて、食事を抜かれる令嬢がいて？　粗末なドレスを着て、部屋の中に閉じ込められて、社交一つまともにできない女が、私より上にいるのはおかしい話でしょう？　セドリックだってそうよ、なんであの子だけが侯爵様の後見を得て、あんなに素晴らしいお屋敷で暮らせるの？　何の取り柄《え》もない上、にこりともしない不気味な人形みたいな子なのに」

　マーガレット嬢が、はっと鼻で嗤《わら》って小首を傾げた。

「そうだねえ、おかしな話だ」

　うんうんと僕が頷くと我が意を得たりと言わんばかりに彼女はますます饒舌《じょうぜつ》になる。

　べらべらとよくもまあ、それほどまでに罵詈雑言《ばりぞうごん》が出てくるものだと感心してしまうほどその唇はリリィちゃんを罵《ののし》り、セドリックを貶《おとし》める。

　僕の後ろでカドックが珍しいことにイライラしているのが分かった。

　カドックは喋《しゃべ》れない上に、顔に大きな傷があるから女性や子どもは大抵《たいてい》、怖がって近づかない。でもあの姉弟《きょうだい》は、怖がりもせず、それどころか手を差し出して言葉を聞こうとした。それが本当に嬉しかったらしいカドックは、あれ以来、二人のことを時折、話題に出すし、ウィリアムに二人が元気に過ごしているかよく尋ねている。

僕だって、僕の親友たちを幸せにしてくれるリリィちゃんとセディは、とっても大切だ。

だからこの女は実に不愉快な存在だ。

「……君さぁ、自分の立場分かってる？」

デスクに片肘《かたひじ》を付いて手に顎《あご》を乗せ、僕は尋ねる。

女は、傲慢《ごうまん》な口を閉じ、訝《いぶか》しむように眉《まゆ》を寄せた。

「私は、エイトン伯爵令嬢、マーガレット・サンドラ・ドゥ・オールウィンですわ」

さも当たり前のように女は言った。

ウィリアムが、こいつに伯爵の娘《むすめ》ではないと伝えたと言っていたけど、馬鹿だから理解していないようだ。

「君は、もう家名を持たないただのマーガレットだよ」

「はっ、何を言っているの？」

僕の言葉を受け入れる気はないようだ。

足音が聞こえてきて、カドックがドアを開けた。現れたのは、短い黒髪を後ろに撫でつけて騎士服を着たマリオだった。

「やあ、今日はマリエッタじゃないんだね」

「マリエッタはデザイナーだからな。今の俺は諜報《ちょうほう》部隊のマリオくんだ。……あーあー、

ひってぇ顔だなぁ。これ、あの嬢ちゃんがやったんだろ？」

マリオは僕のところまでやって来て、闖入者《ちんにゅうしゃ》に驚く女の顔を覗き込んだ。セピア色の瞳が侮蔑《ぶべつ》に細められた。

「はっ、傷がなくたってリリアーナ様には遠く及ばねぇじゃねぇか」

「な、何を失礼な！　なんですの⁉　この男は⁉」

顔を真っ赤にしてマーガレット嬢がマリオを睨む。

リリィちゃんのすごいところはこの捻《ひね》くれた親友にも気に入られているところだ。リリィちゃんはとても素直で無垢《むく》な子だ。辛《つら》いことも苦しいことも知っているのに、悪意にだって晒《さら》されて人の醜さを十五年もの間、見続けていたのに彼女は弟を愛して大切に慈《いつく》しむ心を忘れなかった。悪意に染まらず、人を憎まない彼女はとても美しい。僕には少し眩《まぶ》しいくらいだ。傍にいると浄化《じょうか》されて消えちゃうんじゃないかとさえ錯覚《さっかく》する。

「ほらよ、ご所望《しょもう》の品だ。副長殿《どの》」

マリオは喚《わめ》く女を無視して、懐から取り出した書状を二枚、僕に差し出した。僕はそれを受け取り、目を通す。

一枚目は、領地に軟禁《なんきん》中のエイトン伯《はく》が自分の子どもはリリアーナ・ルーサーフォードとセドリック・オールウィンだけだと認めて署名したもの。

二枚目は、マーガレットという女の最新の戸籍《こせき》の写し。貴族院の印が押された公式のものだ。

「早かったねー、もっとかかるかと思った」

「驚いたことに、伯爵は知ってたよ。自分に似たところのない娘について薄々勘付いてはいたらしい。だが、奥さんを失いたくなくて、奥さんさえいれば出生はどうでも良かったみてぇだけどな」

「よっぽど、惚《ほ》れ込んでたんだねぇ」

「喪《も》も明けない内に迎え入れたほどだからな」

マリオが呆《あき》れたように肩を竦《すく》めた。それを横目に僕は、デスクの上に二枚の書状を広げた。疑惑《ぎわく》の眼差《まなざ》しを僕に向けた女は警戒しながら、ゆっくりと書状に視線を移し、文字を追うごとに顔色を変えていった。

「……によ……何よ、これっ。なんで、家名が消されているの!? 夫の欄《らん》に書かれているのは誰の名前よ!?」

「だから、見ての通りだよ。文字は読めるようで良かった。君はもう既にマーガレット・オールウィンではなくなって平民の身分に落ちたわけだ。だけど、心優しい僕は、君に縁《えん》談《だん》を用意してあげたんだよ。プライドくらいしか持ち物のない君は愛人では不服かと思って、ボニフェース卿《きょう》の兄上の正妻の座を用意したんだよ」

「知らない！　知らないわ！　私はスプリングフィールド侯爵の……そ、それに私は王太子殿下にも縁談を申し込まれているのよ⁉　そんな無名の男なんかお断りよ！」

流石の僕もちょっとびっくりした。マリオとカドックも驚き顔で僕を見ている。僕は慌てて首を横に振った。全く身に覚えがない。

もしや、僕が知らないだけでやっぱり噂通り僕には同じ顔をした双子の兄か弟でもいるのだろうか。そいつが血迷ってこいつに縁談でも申し込んだとでもいうのだろうか。

「王太子殿下に求婚《きゅうこん》されたってことは、私は王太子妃《ひ》よ！　今すぐまともな騎士を呼びなさい、あんたたちなんか不敬罪で死罪よ！」

「不敬の塊《かたまり》が何を言ってんだ？　つか、いつ申し込まれたんだよ、王子様に」

マリオが心底呆れたように言った。

「侯爵様が言ってたのよ！　王太子殿下からの縁談を断らなければ良かったのにって！　私には知らされていないからきっとお父様が断ったのよ！」

「うわー、すごい。僕、ここまで都合良く解釈する人間初めて見た！」

思わず僕は拍手《はくしゅ》を送った。

王太子殿下からの縁談であって、王太子殿下からの求婚ではないのに、彼女の頭の中では僕が求婚したことになっているから驚きだ。

「んー。君は見ている分には愉快だけど、一緒《いっしょ》に過ごすには不愉快だから却下《きゃっか》かな。僕、お嫁さんに貰うなら、一緒にいて幸せだなって思える人がいいもん。その点、リリィちゃんは理想的だよね。可愛いセディもついてくるし」

　カドックがうんうんと頷いた。

「分かる。ふわんふわんとして癒《いや》し系だしな。めっちゃレースで飾りたいし、フリルも似合うだろうけど。彼女自身が美しいから余分なものがないほうが美しいのよねぇ！」

「マリエッタが顔を出してるよ」

　胡乱《うろん》な目を向ければ、マリオはゴホンと咳払《せきばら》いを一つして居住まいを正した。

「何を意味の分からないことを言っているのよ！　あの醜い女より私が劣《おと》っているとでも言いたいの⁉」

「いやいやいや、比べるほうが失礼でしょ？　片や生粋《きっすい》の伯爵令嬢で今や侯爵夫人、片や四分の一しか血筋の分からない平民女性じゃあねぇ」

　彼女は怒《いか》りに言葉を詰まらせ、侮辱《ぶじょく》されたことに顔を赤くして歯を食いしばった。そんなに力んだら顔の傷が痛いだろうに、というか傷が開くんじゃないかな。

「あんまり私を馬鹿にすると痛い目を見るわよ！　私のお母様は、フックスベルガー公爵の後妻、つまり公爵夫人になるんだから！　そうなれば私は公爵令嬢よ！」

「なれないよ。ディズリー男爵家《だんしゃくけ》の籍《せき》から君のお母様も消されて、ただのサンドラだ。公爵はどうやら恩あってあの女を匿《かくま》っているらしいけれど、妻には迎えられはしないよ。彼女はもう貴族ではないし、そもそも下位貴族の男爵家が王家と深い血縁《けつえん》にあるフックスベルガーに嫁げるわけがないだろう?」

僕は立ち上がって、部屋の隅《すみ》に置かれていた水差しを手に取り、頭から被った。眼鏡を外してカドックに渡す。呆れたような顔でマリオが差し出したハンカチでがしがしと頭を拭《ふ》いて、前髪を掻《か》き上げてマーガレットを振り返った。

ヘーゼル色の瞳が極限まで見開かれ、呆然《ぼうぜん》と僕を見つめている。どうやらいくら馬鹿でも王太子の顔は覚えていたらしい。

「生憎《あいにく》と僕は君に求婚した覚えがないんだよねぇ」

マーガレットは言葉を詰まらせ、身を硬直《こうちょく》させる。

「君が襲って傷付けようとしたのが誰か分かっているかな?」

「あ、あん、あんな醜い女が傷付いたって誰も困らないわっ!」

マリオが「あちゃー」と額を押さえた。

「……君が傷付けようとしたリリアーナ・ルーサーフォードは、次期国王となるこの私が最も信を置く臣下の妻だ。そして、その夫、ウィリアム・ルーサーフォードはこの国の宝であり、唯一無二《ゆいいつむに》の英雄だ」

僕はデスクに上がり、女の太ももを踏《ふ》み付けるようにして腰かけた。

僕の雰囲気《ふんいき》に呑《の》まれたのか、あるいは漸《ようや》く、自分の仕出かしたことの重大さに気付いたのか、女はガタガタと震えて逃げようと顔を逸《そ》らす。

「君は国家を敵に回すほどの重い罪を犯《おか》した。私の一存で、公開処刑《しょけい》の上、晒し首にだってできるほどの罪だ。だが寛大《かんだい》で優しい王となる私は、君を生かすことにしたんだ。ボニフェースの兄君は、君と同じ私生児でね。兄弟仲は良好だったが両親には愛されずに育った憐《あわ》れな男だ。弟の性癖《せいへき》も大分ひん曲がってはいるが、兄はその上を行く」

マーガレットの髪を摑《つか》んで顔を上げさせる。

ぎゃあぎゃあ喚いたせいか、傷口が開いて再び血が滲んでいた。

「だが弟は兄を慕《した》っていて、五十を数えて尚独り身の兄をとても心配していた。だから君との縁談を打診《だしん》したら喜んでくれたよ。弟君は実に商才に恵まれた男だから君のお蔭で前々からまとめたかった商談が成功しそうだ。君は我が国の役に立つというのだから、この縁談、喜んで受けてくれるだろう？」

マーガレットはガタガタと震えながら絶望的な眼差しで僕を見上げる。

僕は二本の指を女の細い首に突《つ》き付ける。

「受けてもらえないのなら、残念だけどここでお別れだ。君は生かしておいたらまた侯爵夫妻を襲うだろう？　そうなると危ないからね。私は彼らをとても気に入っているんだよ」

女は、目を忙《せわ》しなく彷徨《さまよ》わせ、カドックやマリオに助けを求めたが二人が答えるわけがなく、冷たい眼差しが返されるだけだという事実に、そして、自分の首が目の前の男の言葉一つで容易《たやす》く飛ぶことを漸く理解したようだ。

「お、おう、お受け、い、いたします……っ」

絞《しぼ》り出すような声で紡《つむ》がれた返事に僕は、手を下ろして笑みを向ける。

「それは良かった！」

僕は軽《かろ》やかにデスクから下りる。

「この書状は君にプレゼントするから、牢の中で嫁入りの仕度《したく》が調《ととの》うまでの間、どういう意味かよーく考えるといい。カドック、これを戻しておけ、猿轡も忘れるなよ」

僕の言い付けにカドックが頷き、書状を受け取って懐に入れると、この期《ご》に及んで逃げ出そうとして椅子から転がり落ちた女を取り押さえ、いとも容易く猿轡を噛ませると肩に担《かつ》ぎ上げて部屋を出て行った。喚いて暴れる音が聞こえるが、頑丈《がんじょう》なカドックには何の意味もない抵抗《ていこう》だろう。

マリオが「よく殺さなかったな」と感心したように言った。

僕は濡れたジャケットを脱ぎながら、当たり前さ、と笑って返す。

「大事な贈り物になるんだ。生かしておいて利益のある内はみすみす殺しはしないさ」

「流石は自分で、寛大だと言うだけはあるな」

へらりと笑ってマリオは、深々と溜め息を吐き出した。

「そうだろう？　さて、上に戻ろう、着替《きが》えないと気持ち悪い」

「自分で水被ったんだろうがよ」

言いながらマリオは壁にあった燭台を手に取り、先導するようにして歩き出した。なんだかんだ気の利《き》く男なのである。

地下牢は朝も昼も夜もなく真っ暗で、囚人《しゅうじん》たちの独り言やすすり泣き、怒鳴り声とにかくうるさい。

「……でも珍しいね、君が直接騎士団《ここ》にくるなんて」

騎士として剣《けん》を握れなくなったマリオは、デザイナー兼《けん》情報屋として生きる道を選んで以降、滅多《めった》にここに騎士としては寄り付かない。素性《すじょう》がバレるのを防ぐためでもあるし、騎士としての誇《ほこ》りを大事にしていた彼にしてみるとおいそれと好んで来たい場所ではないだろう。書状を頼みはしたが手紙を寄越すか、使者が届けるかと思っていたのだ。

「ウィルは忙しいみたいで捕まらねえから直接来たんだよ……リリアーナ様が襲われた事件の真犯人の目星がついたからな」

「よく見つけたねえ。九年も前のことでしょ？」

僕は素直に驚いた。戦争を挟《はさ》んだ九年だ。実行犯は現場で取り押さえられ、既に貴族を襲った罪で絞首刑《こうしゅけい》に処されているが、その実行犯が所属していた組織のリーダーは捕まっていなかった。まさか今頃になって見つかるとは思っていなかった。

「あれは、物取りとか誘拐《ゆうかい》目的とか間違《まちが》っても偶然《ぐうぜん》なんかじゃねえ」

燭台の灯りが照らすマリオの横顔は鋭く、嫌悪《けんお》が滲んでいるようにも見えた。

「……エイトン伯爵ライモスと……その娘リリアーナ嬢を暗殺しようとしたんだ」

「……どういうこと？」

「詳《くわ》しい話はウィルも交えて、上で話す。……だが、俺たちが思っている以上に、リリアーナ様が感じている以上に、あの女は……リリアーナ様を憎んでいるみたいだ」


騎士団で行われる本日最後の報告会議を終えて執務室《しつむしつ》へ戻った。「お疲れ様」というマリオの声に手を上げて返しソファに腰を下ろす。

窓の外は既に真っ暗で懐中時計《かいちゅうどけい》を取り出せば、時刻は既に七時を回っていた。本当ならもうリリアーナたちのもとに戻っている時間だ。

人身売買事件は根が深く、次から次へと様々な事件や問題が発覚し、会議が延びに延びてしまったのだ。

だが、踏み込む目途《めど》が立っただけ、大きな進展と言える。解決へと確実に近づいている。

「お疲れ様でございます、どうぞ」

絶妙《ぜつみょう》なタイミングでフレデリックが出してくれた紅茶に礼を言う。少し砂糖を入れてくれたのか、使いすぎて草臥《くたび》れた頭にその控えめな甘さが心地良かった。

「マリオも待たせたな」

「別にかまいやしねえよ。どうせ長引くだろうと思って、リリアーナ様のドレスのデザインを考えてたんだが、どれもこれも似合いそうで迷ってるんだ」

向かいのソファに座っていたマリオがスケッチから顔を上げる。

マリオをリリアーナに会わせたのは、一応、友人として紹介したかったのと、何よりデザイナーである彼自身に本物のリリアーナを見てもらい、彼女に似合う服を作ってほしかったからだ。

「……大丈夫か？　ウィルも顔色が良くないぞ？」

マリオが心配そうに覗き込んでくる。

いつの間に来たのかその隣にはアルフォンスがいて、二人は同じような顔をして私を覗き込んでいた。カドックが部屋の隅に控えている。

「サンドラはリリアーナとセドリックを修道院に入れようと、あれだけの騒《さわ》ぎを起こしたことなどまるで忘れたようにやって来て、その上、リリアーナの全てを否定して、借金のカタにどこかに嫁がせようとしていた。そして……リリアーナに、バレた」

アルフォンスが「何が？」と首を傾げる。

「馬鹿な両親が新たに作った借金のことだ。しかも把握《はあく》していたより五〇〇万ほど増えていた上、サンドラは横領の罪を夫に被せた。犯人が誰であれ、横領もリリアーナにバレた」

アルフォンスとマリオがお互いに顔を見合わせる。

二人は何も言わなかった。黙って私の言葉に耳を傾《かたむ》けている。

「それを聞いたリリアーナは呆然として真っ青な顔をしていた。彼女が漸《ようや》く取り戻しつつあった自信や幸福を諦《あきら》めてしまいそうなほど……彼女はショックを受けていた」

握り締めた拳に筋が浮く。

騎士道など捨てて、殴ってしまえば良かったと後悔してもし足りない。

「あいつらにとって、リリアーナは、自分たちの苛立《いらだ》ちのはけ口であり、自分より下等な生き物だ。だから、多分、貶めても傷付けても、なんとも思わないのだろう」

「……ウィル。九年前の事件のことで話があるから、俺はここで待っていた。だから言えるが……マーガレットはともかく、サンドラは自覚があったはずだ。あの女はリリアーナ様を傷付けることに心血を注いでいるんだ」

マリオが静かに告げた言葉に顔を上げる。

今までにないほど真剣《しんけん》な眼差しが向けられていて、ごくりと生唾《なまつば》を飲み込んだ。

「九年前の事件、そのきっかけはセドリック様が産まれたことだ」

「セドリックが？」

「ああ。オールウィン家の老執事が言うには、あの日、エイトン伯はリリアーナ様をエヴァレット子爵家《ししゃくけ》に送っていく途中《とちゅう》だったんだ。エヴァレット子爵夫妻のところに養子に出すつもりで……だが、それを許せない女がいた。それがサンドラだった。サンドラはリリアーナ様をどうしても傍において、幸福という幸福を奪いたかったんだ。だからあの日、自分の手元からいなくなるのなら、と夫共々殺そうとした。産まれたばかりのセドリックが成人するまで母親であるサンドラが好きにできると思ったんだろう。だが、彼女の計画は偶然、騎士団が居合わせたことで失敗に終わった。……実行犯はあの世だから本当のことは分からないが、もしかしたら薬品は顔にかけるためのものだったのかもしれない」

ない、とは言いきれなかった。

「あの女は、何故か異様にリリアーナの見た目に関して固執《こしつ》しているように感じられた。誰が見たって美しいと分かる彼女の全てを否定していた。なんでだと思う？」

「リリィちゃんは、母君に似ているんだったよね？　だからじゃない？　自分から伯爵を奪った女だからみたいな……あれ？　でもマーガレットの種は別か？　なんで？　憎む必要なくない？」

「さあな、女性とは複雑なものだな。お前は何か分からないのか？」

「俺は趣味で女装してるだけで心は生粋の男だからな。とにかく、サンドラには気を付けろ。マーガレットを奪った以上、何を仕掛《しか》けてくるか分からない」

「ああ。仕方がないが、暫《しばら》く屋敷に護衛を付けるか……」

「なら、落ち着くまで街にある僕の別宅で過ごしなよ」

「裏通りのか？　学院時代によく寮《りょう》を抜け出して行った」

庶民《しょみん》が暮らす住宅街にある小さな庭付きの二階建ての家だ。四人家族が仲良く暮らせる家と言えばそれで説明がつくほどこぢんまりとしていて、可愛らしい家だ。地域自体も治安が良い区域で騎士団からも馬で三十分ほどの距離《きょり》だ。

「そうそう。あそこなら公爵もサンドラも知らないよ」

「屋敷に帰るよりいいと思うぜ。暫く庶民の暮らしを楽しんでみようとかなんとか言って、気晴らしも兼《か》ねて連れ出せよ」

「それもいい話だが、一度、フレデリックたちと話し合ってからにする。リリアーナは環《かん》境《きょう》が変わることが苦手だから、あまり無理はさせたくない。セディも……大分、不安がっているから慣れた屋敷のほうがいいかもしれない」

「その辺の判断は君に任せるよ。僕もマリオも協力は惜しまないからいくらでも頼《たよ》って」

「ああ。ありがとう。だが、今夜はもう帰る。書類は夜中にでも片付けるから朝一で……」

「書類は僕がマリオと協力してやっておくから、今日は二人の傍にいてあげなよ」

「はぁ？　俺、書類仕事は関係な、むぐ」

カドックが右手でマリオの頭を押さえ、左手で口を塞《ふさ》いで、うん、と頷かせた。私は、颯爽《さっそう》と立ち上がる。チャンスというものは逃がしてはいけないのだ。フレデリックは既に万全《ばんぜん》の準備を調えていて、私に外套《がいとう》を差し出してくる。

「持つべきものは優しい親友だな。あとは頼んだぞ、アル、マリオ」

受け取ったそれを羽織り、私はさっさと出口に向かう。

「リリィちゃんとセディによろしくねー！」

「むがふがぅふがが！」

「ああ、友よ！　ありがとう！」

芝居《しばい》がかった科白《せりふ》を残し、私は執務室を後にした。

これだから寄り付きたくないんだ、と閉められたドアの向こうでマリオが抗議《こうぎ》する声が聞こえたが、聞こえなかったことにした。私は会議塔へと急いで戻る。

だが、その日の深夜、サンドラが公爵家に戻る途中で逃げ出したという一報が、私のもとに入ったのだった。

幕間一　蠍《さそり》と女

「マーガレットを取《と》り戻《もど》してきて」

　案内された部屋に入ってすぐ、私――サンドラは窓際《まどぎわ》のテーブルで一人、チェス遊びに興じていた男に向かって言った。

　黒い切れ長の瞳《ひとみ》が、ゆっくりと私を振《ふ》り返《かえ》り細められる。男の本名は、誰《だれ》も知らない。たくさん名前を持っているのは知っているけれど、近しい仲間は皆《みな》彼をアクラブと呼ぶ。

「やあ、サンドラ。無事に逃《に》げ出せたようで何より」

「逃げ出せた？　貴方《あなた》が勝手に連れ出したんじゃない。私は公爵家《こうしゃくけ》にそのまま帰るつもりだったのに。公爵は私がいないと生きていけないのよ？」

「何故《なぜ》？　そういえば、君と公爵はどうして仲良くなったんだ？」

　私は、腕《うで》を組み笑《え》みを零《こぼ》す。

「愛する妻を喪《うしな》ったあの方は、誰かに自分を責めてほしかったのよ。自分のせいで妻は死んでしまったのだと、一人で死なせてしまった酷《ひど》い夫だと嘆《なげ》くあの方の言葉を私は全て肯定《こうてい》して差し上げたの。私の肯定は彼の心に痛みをもたらしたはずよ。でも痛みは想い出をより鮮明《せんめい》に遺《のこ》すもの。彼はそれを欲《ほっ》していたのよ」

「ははっ、優《やさ》しいねぇ。でも、まだ夢を見ているのか、サンドラ。フックスベルガー公爵は君を後妻には娶《めと》れないよ。だって君には貴族としての戸籍《こせき》がないんだもの」

アクラブの言葉の意味が分からず、私は眉《まゆ》を寄せた。

男は懐《ふところ》から取り出した紙を、ほら、と私に投げて寄越《よこ》した。足元に落ちたそれを一瞥《いちべつ》すれば、後ろに控《ひか》えていたアクラブの従者がそれを拾い上げて私に渡《わた》す。ひったくるように受け取り、中身を改める。

「……何よ、これ！」

ぐしゃりと紙を握《にぎ》り締《し》め、けれど、信じられずにもう一度、皺《しわ》を広げて中身を目で追う。

それは私の戸籍とエイトン伯爵家《はくしゃくけ》の戸籍だった。

私の戸籍には生家であるディズリー男爵家《だんしゃくけ》の記載《きさい》がなく、伯爵家の戸籍からマーガレットの名が消されていた。

「どういう、ことなの？」

彼に詰《つ》め寄り震《ふる》える声で私は問いかけた。アクラブは、くすくすと笑いながらもう一枚の紙を取り出して、私の目の前で広げた。それはマーガレットの戸籍だ。

「……マーガレット・ボニフェース？」

「ボニフェースは名の知れた商人だよ。といっても君の愛娘《まなむすめ》が嫁《とつ》いだのは、兄のほうらしいが、一部では有名な画家でね。かなりの金持ちだよ、おめでとう」

「私は同意してないわ！　母親の私が同意していないのにどうして……っ！」

「俺は言ったじゃないか、サンディ」

アクラブがテーブルに肘《ひじ》をつき、薄《うす》く笑いながら私を見上げる。

「伯爵の娘《むすめ》でない以上、スプリングフィールド侯爵《こうしゃく》には手を出すな、と」

「あれの娘ではないけれど、間違《まちが》いなくエイトン伯爵夫人だった私の娘よ？　あの女の娘より優《すぐ》れている素晴《すば》らしい娘だわ！」

「君が忌《い》み嫌《きら》うリリアーナ嬢《じょう》は、生粋《きっすい》の伯爵令嬢《れいじょう》だ。母君の生まれたエヴァレット子爵《ししゃく》家《け》は爵位《しゃくい》こそ低いがクレアシオンでは由緒《ゆいしょ》ある素晴らしい血筋だよ。九年前、エヴァレット子爵家に引き取られていたとしても、リリアーナ嬢は、スプリングフィールド侯爵に嫁ぐには何の問題もない」

アクラブはふふっと可笑《おか》しそうに笑って肩《かた》を竦《すく》めた。

「スプリングフィールド侯爵はね、好青年に見えるけれど先の戦争で、見事な戦術を用いて圧倒的《あっとうてき》な不利を覆《くつがえ》し、強大なフォルティス皇国を落とした英雄《えいゆう》で、王太子が最も信を置く家臣でもある。そしてヴェリテ騎士団《きしだん》次期団長だ。俺たちだって迂闊《うかつ》に手を出せば、手痛いしっぺ返しを食《く》らう。それに侯爵は奥さんを溺愛《できあい》しているそうじゃないか。弟君まで迎《むか》え入れて、仲睦《むつ》まじく暮らしている。手は出さないほうがいい」

「知ったことじゃないわ、今すぐマーガレットを取り戻してきて。そして、リリアーナも連れてきてちょうだい」

アクラブは、はぁとこれみよがしにため息を零して、私からチェスへと顔を向けた。

「アクラブ！」

「無理だよ。……騎士団の護送馬車が来て君の娘が連れて行かれたと報告が来ている。いくら俺たちが優秀《ゆうしゅう》だとはいっても騎士団の地下牢《ろう》の一番奥にいるであろう最悪の犯罪者を連れ出すのは不可能に近い」

「私の娘を犯罪者呼ばわりしないでちょうだい！　ちょっとリリアーナに向かってティーカップを投げただけよ。それの何が問題なの？」

私の答えにアクラブは「あーあー」と声を漏《も》らして肩を落とした。

「それはもう犯罪なんだよ、君の娘は。侯爵夫妻を襲《おそ》ったんだ」

「違《ちが》うわ！　あの醜《みにく》い娘がマーガレットの場所を奪《うば》ったから取り戻そうとしただけよ！　それにあの女の侍女《じじょ》がマーガレットに乱暴したの！」

「侍女は主人を護《まも》る義務があるからねぇ。話を聞く限りだと、どうせ君はマーガレットを止めなかったんだろう？　だとすればその場で二人揃《そろ》って侯爵に首を刎《は》ね飛ばされていたって不思議じゃない」

すっと冷たく鋭《するど》く細められた黒い双眸《そうぼう》に私は言葉を詰まらせる。伸《の》びてきた冷やりとした手が私の頬《ほお》をそっと撫《な》でた。

「マーガレットのことは諦《あきら》めな。彼女は近い内にボニフェースのもとに送られる。ボニフェースのところで幸せになれるさ。生かされているだけありがたく思わないと」

ね、サンディ、とまるで子どもに言い聞かせるように言って、アクラブはまたチェスへと顔を向け、冷たい手が離《はな》れていく。

「おい、サンドラは疲《つか》れているようだから、部屋に案内してやれ」

「話はまだ終わってないわ！」

従者の手から逃げるように彼に向き直り、私は叫《さけ》んだ。

アクラブは、瞳と同じ長い黒髪《くろかみ》を掻《か》き上げて、困った子だと言わんばかりの顔をする。それに苛立《いらだ》ちが増して、テーブルの上のチェスセットを薙《な》ぎ払《はら》った。ガッシャーンとけたたましい音を立ててそれが床《ゆか》に散らばった。けれど、アクラブは動じた様子もないばかりか、困った子という顔をやめもしない。

「私は、あの女の娘の幸せを赦《ゆる》すわけにはいかないのっ！　マーガレットにはあの娘よりも幸せになってもらわなければいけないのよ！」

思い出すだけ憎しみが込み上がってきておかしくなりそうになるほど、リリアーナは母親のカトリーヌにそっくりだった。違うのはあの髪の色くらいのもので、あの忌まわしい曇《くも》り空《ぞら》と同じ色の瞳もその顔立ちも何もかもが生き写しだった。

カトリーヌは、子爵令嬢の分際で社交界の花と呼ばれていた。誰からも愛《め》でられ、老若男女《ろうにゃくなんにょ》問わず慕《した》われて大事にされていた可憐《かれん》な花だった。

まるで私とは正反対だった。

「オールウィン家の執事《しつじ》は、私に最後まで伯爵夫人の部屋を使わせなかったわ！　こんな屈辱《くつじょく》が他にあって⁉」

他の使用人は従順だったけれど、先代を敬愛し忠誠を誓《ちか》っていた老執事だけは、私に対して一歩も譲《ゆず》らなかった。伯爵夫人が使う部屋を絶対に明け渡しはしなかった。それどころか彼が伯爵家の人間として認めていたのは、カトリーヌと彼の大事な先代によく似たセドリックだけで、夫であったライモスでさえ先代が使っていた当主の部屋を使わせてもらえなかった。

それどころか先代が遺した財産は全て次期後継者のものになるようになっていて、ライモスも私も一切《いっさい》手出しができないようにされていた。あの執事は、どういうわけかマーガレットの出生の秘密を知っていて、夫に知らされたくなければ大人しく今の部屋に甘んじていて下さいとのうのうと宣《のたま》ったのだ。そして夫も、自分が産まれる前から家に仕えるこの老執事にだけは逆らえなかった。

だから夫共々あの娘を始末しようとセドリックを産んだ瞬間《しゅんかん》に思いついたのだ。セドリックだけは間違いなくライモスの子どもだったから爵位を継《つ》ぐのに問題はないし老執事が隠《かく》した財産も母親である私のものになると思った。だから夫も忌まわしい娘も殺してしまおうと考えた。だが偶然《ぐうぜん》、騎士が居合わせるという悲劇に見舞《みま》われて夫も娘も生きたまま屋敷《やしき》に帰って来てしまった。

表面上は良い妻を演じて心からライモスを心配したが、内心は憎悪《ぞうお》の炎《ほのお》に身を焼《や》き尽《つ》くしてしまいそうだった。

だが娘は、醜い傷跡《きずあと》をその体に刻み込まれ、貴族令嬢としての価値と美しさを失った。

だから、生かしておいた。顔だけはあの女に似て美しいのだから、年頃《としごろ》になれば良い値《ね》で売れるだろうと思ったのだ。

――だというのに！

「侯爵が突然《とつぜん》、リリアーナを奪ったのよ！　夫は三〇〇〇万リルに目が眩《くら》んで呆気《あっけ》なく娘を引き渡したわ！　そしてあの侯爵は私の可愛《かわい》いマーガレットではなく、どれだけ言《い》い募《つの》られてもリリアーナを選んだのよ！」

あの娘はその醜さ故《ゆえ》に邪険《じゃけん》に扱《あつか》われていると信じて疑うこともしなかった。結婚《けっこん》して一年は侯爵が多忙《たぼう》で家に帰れず、夫婦《ふうふ》は不仲だという噂《うわさ》がまことしやかに囁《ささや》かれていたのもそれに拍車《はくしゃ》をかけた。

だが、現実はまるで真逆だった。

リリアーナは私やマーガレットよりも仕立ての良いドレスを身に纏《まと》い、夫の独占《どくせん》欲を象徴《しょうちょう》するような夫の瞳と同じ色の高価なサファイアのネックレスと見事な細工の指輪を身に着けていて、侯爵はそのリリアーナを護るように隣《となり》に座っていた。そしてリリアーナを慕い護るように使用人たちでさえ、私たちに歯向かった。

　間違いなくあの娘はあの家で、幸せに暮らしている。夫に愛され、使用人に大事にされ、弟を可愛がり、幸せに生きているのだ。

「リリアーナの幸せは許されないものよ」

「なんで？　幸せになるのは人の自由だ」

　アクラブは可笑しそうに笑って肩を竦めた。

「サンディ、君はリリアーナ嬢のことになるとどうにもこうにも癇癪《かんしゃく》を起こしがちでいけないね。普段《ふだん》の君はもっと冷静で美しいのに。本当に休んだほうがいい」

「……リリアーナを私の目の前に連れて来て」

　私は黒い双眸を真《ま》っ直《す》ぐに見据《みす》えて言い放つ。

「報酬《ほうしゅう》も代償《だいしょう》も全て私が払うわ。その代わり、何が何でも生きたままあの娘を私の目の前に連れて来て」

「……かなりのことになるよ？　君の命だって保証できない」

　アクラブは、ゆったりと微笑《ほほえ》んで首を傾《かし》げた。

　私もつられるように微笑んで小首を傾げた。

「それでもかまわないわ、いっそ一緒《いっしょ》に——地獄《じごく》に引きずり込んでやる」

アクラブはその笑みを深めると私を引き寄せ、唇《くちびる》を塞《ふさ》いだ。

欲望に満ちた眼差《まなざ》しにぞくぞくとしたものが背筋を駆《か》け抜《ぬ》ける。

「ああ、サンディ。苛烈《かれつ》な君はなんと美しいんだろう。いいだろう、用意してあげよう。だけれど流石《さすが》の俺でも侯爵相手にすぐには動けない。少々、時間を貰《もら》うよ」

「ええ、もちろんよ、アクラブ」

ドレスを脱《ぬ》がせる彼の手に応えながら私も彼の首に腕を回し、その唇を奪った。

心の中で燃《も》え盛《さか》る憎悪の炎がまたその勢いを増していくのを感じながら、私はあの娘の絶望に染まった顔を想像して、とびきり幸せそうな笑みを零した。

第四章　小さなお家の奥様

「まあ、可愛《かわい》らしいお家《うち》」

サンドラ様と姉様の襲来《しゅうらい》から早三日が経《た》ちまして、私たちは朝早くに王都の庶民《しょみん》の方々が暮らす住宅街にある小さなお家にやって来ました。

木製の柵《さく》にぐるりと囲まれた敷地《しきち》にクリーム色の壁《かべ》に茶色の屋根、小さいお庭には花壇《かだん》があって秋のお花が風に揺《ゆ》れています。

「暫《しばら》くはここで庶民の暮らしを体験してみよう。セディにもいい経験になるし、君もきっと楽しいぞ」

ウィリアム様が中へと歩き出し、手を引かれて私もついていきます。少し前を歩くセドリックはとても楽しそうです。

昨夜からエルサとフレデリックさんが先に来ていて仕度《したく》をして下さっているそうです。エルサとフレデリックさんは、右隣《みぎどなり》に建つもう一回り小さなお家が偶然《ぐうぜん》空いていたので、そちらに若夫婦《わかふうふ》として住み、エルサは我が家の通いの家政婦さんになるそうです。このお家は角に立っているので、左隣は道になっています。

昨日の朝、突然《とつぜん》「庶民の暮らし体験をしてみよう」と言われた時には驚《おどろ》きましたが、楽しそうなセドリックを見るとそれだけで嬉《うれ》しい気持ちになります。

母と姉の襲来にセドリックはすっかり怯《おび》えてしまい、私から離《はな》れなくなって、湯あみとお手洗い以外はずっと私にくっついていました。私があの日、熱を出して倒《たお》れてしまったことも不安を煽《あお》ってしまったのでしょう。それにどうしてかなかなかお屋敷《やしき》に帰れず、私自身もずっとあの会議塔《とう》の仮眠《かみん》室にいたので少しだけ気疲《きづか》れしてしまいました。

「にいさ、あ、お、お父さん。ドアに鍵《かぎ》がかかってま、じゃなくてええっと、鍵がかかってるの」

「じゃあ、これをあげよう」

セドリックが照れくさそうにウィリアム様を呼びました。ウィリアム様はくすぐったそうに笑って、ポケットから鍵を取り出すとそれをセドリックに渡《わた》しました。顔を輝《かがや》かせたセドリックが早速《さっそく》、玄関《げんかん》のドアの鍵穴にそれを差し込みます。カチャリ、と音がするとドアを開けました。

「すごい！　廊下《ろうか》短い！　全部、ちっちゃい！」

セドリックはきゃっきゃっとはしゃぎながら家の中に入ってきます。

「セディ、色々壊《こわ》さないようにね、今日から住むんですから」

「はーい！　お父さん、探検していい？」

「ああ、いいよ。ただし危ないことはしちゃだめだぞ」

セドリックは「はーい！」と元気なお返事をして、玄関を入ってすぐにあった階段を上がって行ってしまいました。

「あ、セディ、鍵のかかっている部屋はだめだよ。アル兄さんの部屋だからね」

「分かりまし……分かった！」

上からまた元気なお返事が聞こえてきました。

今日は私もウィリアム様もセドリックも庶民らしい服装です。綿の服は、ドレスより軽くて、動きやすいです。

「リィナ。こっちだよ、おいで」

「は、はい」

呼び慣れない偽名《ぎめい》にぎこちなく頷《うなず》いて、またウィリアム様に手を引かれて歩き出します。

こぢんまりとしたお家の中は、なんだか温かい雰囲気《ふんいき》でとても可愛らしいです。アルフ様の秘密のお家らしいのですが、アルフォンス様の人柄《ひとがら》を思わせる温かな内装です。

「ここはアルフのおじい様の持ち物だった家で時折、お忍《しの》びで来ていたらしい。おじい様が亡《な》くなられた後、アルが相続したんだ。学院時代の頃《ころ》は、時々、寮《りょう》を抜《ぬ》け出して私とアルとマリオの三人で来たんだよ。フレデリックにはよく身代わりの留守番をしてもらった」

「怒《おこ》られなかったのですか？」

「リィナ、悪戯《いたずら》っていうのは気付かれたら怒られるけれど、気付かれなければ遊びで終わりなんだよ」

ウィリアム様は、少年のような笑《え》みを浮《う》かべています。私はつられて、ふふっと笑ってキルトのカバーが掛《か》けられたソファの置かれたリビングを見回しました。南側の大きな窓からは小さなお庭が眺《なが》められますし、そこから外にも出られるようです。暖炉《だんろ》の傍《そば》に置かれたロッキングチェアは座り心地《ごこち》が良さそうです。

「ウィリアム様、これは」

「こーら、リィナ、違《ちが》うだろう？」

柔《やわ》らかに窘《たしな》められて腕《うで》の中に閉じ込められてしまいました。私は恥《は》ずかしいやら困ったやらでおろおろとウィリアム様を見上げます。

今朝、このお家では私はリィナ、セドリックはセディと偽名を使うようにと言われました。ウィリアム様のことは、ウィルと呼ぶように言われて、セドリックはお父さんと呼ぶように言われています。ですので、私のことはお母さんとセドリックがくすぐったそうに呼ぶのが可愛いです。あ、いけません。現実逃避《とうひ》をしていました。今は私を捕《つか》まえているウィリアム様に分かっていただかなければなりません。

「で、ですが、旦那《だんな》様を呼び捨てにするなんて……っ」

そんな心臓に悪いこと、逆立ちをしたってできそうにありません。

「でも、それじゃあバレちゃうぞ？　誰《だれ》も怒らないいし、私がそう呼んでほしいと言っているんだ、呼んでくれ私の可愛いリィナ」

ちゅっと瞼《まぶた》に唇《くちびる》が落とされます。

もう頭が爆発《ばくはつ》してしまいそうです。でも無理なものは無理なのです。ウィリアム様を呼び捨てにするなんて、どうやってもできそうにないのです。私は一生懸命《いっしょうけんめい》、考えました。考えて考えて、ふと最近読んだ恋愛《れんあい》小説を思い出しました。町娘《まちむすめ》の可愛い女の子が幼馴染《おさななじみ》の男の子と結婚《けっこん》するまでを描《えが》いたほのぼのした恋愛小説で彼女は、旦那様になった男の子を名前でもなく、旦那様でもなく、こう呼んでいました。

「あなた！」

鮮《あざ》やかな青い瞳《ひとみ》がぱちりと瞬《まばた》きました。

「あなた、じゃだめですか？」

私はちょっと泣きそうになりながらウィリアム様を見上げてお願いしました。ウィリアム様の頬《ほお》が何故《なぜ》かだんだんと赤くなって、ぱっと解放されたかと思うとウィリアム様は両手で顔を覆《おお》っていつものように悶《もだ》え始めてしまいました。

「あ、あなた？」

「許可する、許可するから、ちょっと待ってくれっ」

「ありがとうございます、あなた」

何かウィリアム様が感動するポイントがあったかどうかは分かりませんが、あ、もしかしたらここで過ごされた学院時代の思い出が胸に溢《あふ》れてきてしまったのかもしれません。ウィリアム様は、アルフォンス様たちといらっしゃる時は生き生きとしていますもの。

「リィナさん、もう来てたのですね」

エルサの声に振《ふ》り返《かえ》れば、庶民らしい出《い》で立《た》ちでした。でも白いフリルのエプロンは変わりありません。隣にはウィリアム様と同じような格好をしたフレデリックさんもいます。

「あなた、フレッドさんとエルさんが早速、来て下さいましたよ」

くるりと振り返ってウィリアム様に奥様らしく来客を告げてみたのですが何故かウィリアム様はまだ悶えていて、今日の発作《ほっさ》は長いようです。

「お父さん、お母さん！」

セドリックが二階から下りてきて、リビングに飛び込むなり私に抱《だ》き着《つ》きました。やけにはしゃいでいる可愛い弟に私は「どうしたの」と首を傾《かし》げます。

「あのね、二階、お部屋二つしかなかったの！　一個はアルお兄ちゃんのでしょ。だから一個しかないけど、そこにいつものベッドよりは小さいけどちゃんとベッドがあったよ！」

「そうなの？　……三人も眠《ねむ》れるかしら」

眠れないようでしたら、私は床《ゆか》でもソファでもかまいません。むしろ、私は小さいのでここのソファでも充分《じゅうぶん》です。

けれど、その心配はどうやら杞憂《きゆう》のようでした。

「大丈夫《だいじょうぶ》だよ！　あのね、お父さんがね、僕とお母さんをいつもみたいにぎゅーっとしてくれたら三人で眠れるよ！」

「まあ、それなら安心ですね」

うん、と満面の笑みで頷くセドリックは天使のように可愛いです。私の弟は可愛さで世界征服《せいふく》ができてしまうのでは、と最近は真剣《しんけん》に考えてしまうことがありますし、エルサに相談したら「ありえますね、おおいに」と真面目に聞いてくれました。

この時、私はセドリックの可愛さに気を取られていたので思い出に感動しているウィリアム様が息も絶え絶えになっていることには気付きませんでした。

「エル、私もお掃除《そうじ》をしてみたいのです」

あらかたの仕度が整い、ウィリアム様は、感動から立ち直った後、私とセディをぎゅうっとしてからお仕事に行きました。

でも、いつもはご一緒《いっしょ》するフレデリックさんは、私たちの護衛も兼《か》ねてここに残るそうで、お庭の柵の修繕《しゅうぜん》をした後草むしりをしてくれています。セディは、フレデリックさんにくっついてお外にいますので、家の中には私とエルサだけなのです。

すすめられるままリビングで刺繍《ししゅう》をしていたのですが、思い切って私はエルサにお願いをしてみました。庶民の暮らし体験なのですから、私も何かしてみたいのです。

それにじっとしていると思考が暗いほうへと転がっていってしまいそうで、怖《こわ》いのです。ウィリアム様は「気にしなくていい」「君は悪くない」と言葉を重ねて下さいますが、考えないでいるというのは難しいものです。

廊下の掃《は》き掃除をしていたエルサは少し悩《なや》んだ後、私の頭に埃避《ほこりよ》けの布を被《かぶ》せて、口元も布で覆ってくれました。その後、綺麗《きれい》な布巾《ふきん》が渡されました。

「では、リビングとダイニングのテーブルを拭《ふ》いていただけますか？」

「はい！」

私はお仕事を貰《もら》えたことに胸を弾《はず》ませながら、まずはリビングへと行きました。

小さなソファーテーブルの上には花瓶《かびん》が飾《かざ》ってありましたので、うっかり倒して割ってしまわないようにちょっと離れた床の上に下ろして、隅《すみ》のほうから丁寧《ていねい》に拭いていきます。

いつもエルサやアリアナさんのお仕事を見ているので、見よう見まねでやってみます。

拭き終わったら花瓶を戻《もど》して出来上がりです。もともと綺麗でしたが、もっと綺麗になったような気がします。

次はダイニングのテーブルです。ダイニングはリビングの隣のお部屋で、キッチンとはカウンター越《ご》しに繋《つな》がっています。白い壁に若草色のカーテンが爽《さわ》やかなお部屋です。

ダイニングのテーブルは四人がけです。ここも私は丁寧に拭いていきます。拭き終わるとタイミングよくエルサがやって来ました。

「はい、合格です。流石《さすが》、リィナさんですね、お上手ですよ」

ただテーブルを拭いただけですが、褒《ほ》められるというのは嬉しいものです。ですので、もっとお手伝いをしようとしたら今日はもう終わってしまったそうです。流石は優秀《ゆうしゅう》なエルサは、お掃除もとっても速いのですがちょっとだけ残念です。

ダイニングを出て、リビングに戻るとフレデリックさんとセドリックが外から戻ってきました。セドリックは、草むしりのお手伝いをしたようで、少し汗《あせ》を掻《か》いていましたがその表情は満足げです。

「そろそろお昼ご飯ですね、リィナさん。フィーユには劣《おと》りますが、当分は僕が料理をしますので、ちょっとだけ我慢《がまん》して下さいね」

フレデリックさんは、茶目っ気たっぷりに無表情のままウィンクをしました。格好いい方ですので、様になっています。でも、フレデリックさんがお料理をするということに私は驚きです。

「フレッドさんがするのですか……？　エルがするのかと思っていました」

「僕の奥さんは、料理だけは苦手なのですよ」

エルサが気まずそうにそっぽを向いてしまいました。

エルサにできないことはないと思っていたので、驚きです。でも言われてみると孤児院《こじいん》に贈《おく》るお菓子《かし》を作る時、アリアナさんや他のメイドさんは手伝ってくれたのですが、エルサはいつも見ているだけでした。エルサは見守るのがお仕事なのかと思っていたのですが、どうやら違ったようです。

「どういうわけか、料理だけはどれほど練習しても上手《うま》くならなかったので、フィーユに厨房《ちゅうぼう》のものに触《ふ》れるのを禁止されてしまったのです。流石にオーブンを爆破《ばくは》したのは悪かったと私も反省しております」

一体、どんなお料理を作ったのでしょうか。セドリックが「爆弾《ばくだん》作ったの？」と無邪気《むじゃき》に尋《たず》ねたのですが、返ってきた答えは「グラタン」でした。知りませんでした。グラタンは失敗すると爆発するのですね、今後、作ることがあれば気を付けないといけません。

「でも、その分、僕が料理は得意ですからね。問題ないですよ」

「夫婦《ふうふ》って感じで素敵《すてき》ですね」

「ありがとうございます。では、昼食の仕度をしてきますね」

ふっと笑ってフレデリックさんはリビングを出て行きました。

フレデリックさんが作って下さったのは、トマトとチーズとベーコンのパスタでした。簡単なものですが、とフレデリックさんは謙遜《けんそん》していましたが、一緒に出されたサラダもパンもとても美味《おい》しかったです。

こうして始まった生活は、随分《ずいぶん》と穏《おだ》やかでのんびりとしていました。

私は刺繍の他に、本格的なお料理をしたり、お掃除をしたりとフレデリックさんとエルサにそれぞれ教えてもらいながら新しい体験の連続です。セドリックは、お庭でフレデリックさんと花壇の手入れをするのが一番のお気に入りのようです。

ウィリアム様は、人身売買事件の解決の目途《めど》が立ったそうで、一斉摘発《いっせいてきはつ》を目指しとてもお忙《いそが》しくされています。三日に一度、マリオ様が様子を見に来て下さり、私が用意したお弁当をウィリアム様に届けてくれます。

それでもエルサから話を聞いたらしいウィリアム様は、ここで暮らし始めて二日目に「サンドラが何かしようとしてきても、私は負けないよ。君のことも、セドリックのことも絶対に護《まも》るから」と、それを伝えるためだけに帰って来て下さいました。

忙しい合間を縫《ぬ》って帰って来られた時は、ウィリアム様は私やセドリックを抱き締《し》めて、ほっと息を吐《は》かれます。そして、私が作った料理を美味しそうに食べながら、セドリックの話に耳を傾《かたむ》け笑い合う姿に、どうしてか胸がぎゅうと締め付けられるように痛むのです。

この生活がずっと続けばいいのに、と願ってしまいそうになる自分を何度も、何度も窘めました。

ここならサンドラ様には絶対に見つからないような気がして、そう願ってしまうのです。

でもそれは、彼女からただ逃《に》げているだけだと自分を責めてしまいます。どうして私は、ウィリアム様を信じきることができないのでしょう。サンドラ様の呪縛《じゅばく》からはもう解き放たれたと、そう思っていたのに。

「お母さん？　どうしたの？」

庭で遊んでいたはずのセドリックがいつの間にか私の前に膝《ひざ》をついて、顔を覗《のぞ》き込んできます。

「どうかされましたか？」

一緒に庭にいたフレデリックさんまで首を傾げています。

「いえ、夕飯の献立《こんだて》に悩んでいたんです。セディは何が食べたいですか？」

「僕ねー、うーん！　あ、ハンバーグ！」

「ふふっ、セディは本当にハンバーグが好きね。なら今夜はハンバーグとポテトサラダにしましょうか。ありがとう。セディのお蔭《かげ》で悩みが解決しました」

「どういたしまして。僕、手を洗ってくるね。おやつに午前中作ったケーキ食べなきゃ！」

そう言ってセドリックは、洗面所へと駆けていきます。

「リィナさん」

フレデリックさんに呼ばれて顔を上げます。

「今夜、決着が着きます。事後処理もありますがウィルさんも時間に余裕《よゆう》ができるはずですから、あまり思いつめないで下さいね」

心配そうに僅《わず》かに眉《まゆ》を下げてフレデリックさんはそう告げると、「僕も手を洗ってきます」とリビングを出て行きました。

一人になったリビングで、私はどうしてか泣きそうになるのをぐっとこらえて、顔を上げ、夕食の材料を確認《かくにん》しようと立ち上がったのでした。

「あー、疲れた。でもこれでかなり片《かた》は付いたと思うんだけどねぇ」

執務室のソファへどさりと腰《こし》を下ろして、アルフォンスが言った。私──ウィリアムはジャケットを脱《ぬ》いでデスクの上に放り投げ、アルフォンスの向かいのソファに腰を下ろす。

私たちを待っていたらしいマリオが「おかえり」と顔を出す。

「ただいま。変わりないか」

「今日はリリアーナ様がセドリック様と一緒にケーキを作ってたぜ。二人ともすごく楽しそうで、一言で言えば天国だったわぁ！　何あれ可愛い、ってあぶねっ！」

ぶん投げた灰皿を左手でキャッチしたマリオを睨《にら》み付けて、私はソファに身を沈《しず》める。

アルフォンスが「僕も行きたかった！　ね、カドック！」と手足をバタバタさせ、同意を求める。背後に控《ひか》えるカドックが珍《めずら》しく、うん、と力強く頷いた。行きたかったといつまでもごねるアルフォンスを横目にマリオが、灰皿を片手に彼の隣に腰を下ろす。

動く気配のない私にマリオが「帰らねえの？」と首を傾げる。

「今日は帰れない。事後処理もあるしこんな血の臭《にお》い塗《まみ》れで帰りたくない」

「……そ。んで、成果は？」

短い返事が返される。

「向こうも、クレアシオンから出て行こうとしていたからな。かなりの人数を摘発できたし、誘拐《ゆうかい》された人々も多くが保護できた。夜会で見知った顔もちらほらいたけどな」

「そりゃまた暫く新聞がうるせぇだろうなぁ」

マリオが疲れたように言った。アルフォンスも、だろうね、と肩《かた》を竦《すく》める。

今夜は、日付を跨《また》いだと同時に王都の郊外《こうがい》にあるフリットン伯爵《はくしゃく》の別邸《べってい》で行われた人身売買オークションに騎士団《きしだん》が一斉に踏《ふ》み込んだのだ。仮面で顔を隠《かく》してはいたが、全ての出入り口を塞《ふさ》がれ逃げられるわけもなく、次々と主催者《しゅさいしゃ》と参加者たちに縄がかけられ、乳幼児を含《ふく》む男女、計六十七名が保護された。それぞれ事情聴取《ちょうしゅ》が済めば、親元や元いた場所へと返されるだろう。だが、帰る場所のない者も当然出てくるのであろうから、そうしたらまた受け入れ先を探さなければならない。

「ご令嬢《れいじょう》たちは？」

「三人とも無事だったが、子細《しさい》は後日だな。三人に限らず、他の者たちも粗末《そまつ》な牢《ろう》でろくすっぽ食事も出なかったようで、まずは治療《ちりょう》と休息が必要だと判断した。だが、黒い蠍《さそり》の幹部たちはいなかったな。……捜査《そうさ》の段階では、首領のアクラブとその腹心が数名、関わっているはずだったんだが……逃げたか」

「ありうるね。これだけのことで捕まりたくはなかったんでしょ」

アルフォンスが言った。

「話は変わるが……サンドラは手を引いたと思うか？」

私の問いに二人は首を横に振って応えた。

フックスベルガー公爵《こうしゃく》から「サンドラが逃げた」という報《しら》せが届いたのは、私が騎士団から帰り、会議塔の仮眠室で寝込《ねこ》むリリアーナの看病をしていた時だった。馬車同士がぶつかる事故が起こり、その騒《さわ》ぎに紛《まぎ》れてサンドラは姿を消したのだ。

不安がるセドリックのためにフレデリックも残し、騎士団に取って返してすぐに情報を集め、二日後にはアルフォンスが提案してくれたように若い家族を装《よそお》い、一度も屋敷には戻らずあの小さな家へと移り住んだ。隣の家は空き家だったので買い上げ、エルサとフレデリックの他に護衛の騎士を数名、その家に二十四時間体制で常駐《じょうちゅう》させている。

だが、あれから二週間以上が経つというのにサンドラの行方《ゆくえ》は全く掴《つか》めていない。

「まだ七歳だったリリィちゃんを殺そうとまでした女がそんな簡単に諦《あきら》めるわけがないじゃない」

「だろうな。どうしたものか……」

「ところで僕、何か食べたいな。カドック、食堂でなんか貰ってきてよ」

カドックが頷き部屋を出て行く。

私は、ぐっと伸《の》びをする。久々に暴れたが、少し体が鈍《にぶ》っているように感じた。鍛錬《たんれん》を増やさねばといつも思うのだが、フレデリックが全く同意してくれないのだ。

「リリィちゃんとセディはどうなの？　暮らしに飽《あ》きてない？」

「フレデリックからの報告だとセドリックは園芸が趣味《しゅみ》になって、リリアーナは料理の腕がめきめきと上達しているらしい。もともと二人とも人に気遣《きづか》いしすぎる癖《くせ》があるから、あそこでの暮らしは随分と肩の力が抜けていて楽しそうだ」

「だろうな。今日も楽しそうにケーキ作ってたし……でも、あれはヤバかったな」

「あれ？」

私は首を傾げて先を促《うなが》す。マリオは、ニヤニヤしながら二本目の煙草《たばこ》に火を点《つ》ける。

「帰り際にさ、フリルエプロンのリリアーナ様が『主人に渡していただけますか』って俺にお前の着替《きが》えを預けてくれたんだけど、なんかあれだよね。主人って響《ひび》きがそそるっ、つぶねぇな！」

私は問答無用でティーカップのソーサーを、マリオの眉間《みけん》を狙《ねら》って投げたのだがまたもキャッチされる。相変わらず動体視力だけは健在なようだ。

「お前ふざけんなよ！　俺の額をかち割る気だろ！」

「お前も記憶喪失《きおくそうしつ》にしてやろうと思ったんだ」

「はいはい、やきもち妬《や》かないの。ほら、カドックがご飯運んできてくれたよ」

カドックがサンドウィッチやマグカップに入ったスープをテーブルの上に黙々《もくもく》と並べてくれるのに礼を言って、私は渋々《しぶしぶ》上げかけた腰を下ろす。

今日を入れて四日も私は可愛いリリアーナの「あなた、おかえりなさい」を聞けていない。つまり、帰れていないのだ。今日の一斉検挙のために師団長である私はここを離れるわけにはいかなかったのだ。

明日こそは何が何でも一度は帰る。そしてリリアーナの手料理を食す。と私は決意も新たにサンドウィッチを頬張《ほおば》り、ワインで喉《のど》を潤《うるお》す。

「俺の調べたところによると、サンドラは自分が妾腹《しょうふく》であるが故《ゆえ》に随分と周りの貴族に軽《かろ》んじられることもあったらしい。だからこそ、深窓の令嬢だったカトリーヌ様への憎《にく》しみは強く、その娘であるリリアーナ様への憎しみも絶《た》えないのかもしれねぇな」

マリオが独り言のように言った。

「人の情というものは、良くも悪くも苛烈《かれつ》なものだ。僕らの考えは結局、推測でしかない。サンドラが何故、そこまでカトリーヌ様を憎むのかも、リリィちゃんを憎むのかも彼女自身の口から聞いてみないと分からない。だから、油断はするなよ、ウィル」

「分かってる。どうやってもサンドラが見つからないのならリリアーナとセディを領地へ逃がそうと思っている」

「それも一つの策だけど、二人に会えなくなるのは僕もカドックも嫌《いや》だから、さっさとサンドラを見つけないとね」

「そうよ、ドレスだってまだ作れていないのに！　もうあんな可愛いリリアーナ様を見ちゃったら創作意欲が止まらないわ！」

「急なマリエッタはやめろ。……だが、ありがとう。私も二人と離れて暮らすのは嫌だから、サンドラをなんとしてでも捕まえる。だが今は、一日でも早くリリアーナの手料理を食べるために仕事を片付けるからそのつもりでいてくれよ、マ・リ・オ」

逃げ出そうとしたマリオをカドックが流れるように捕まえた。

「ふざけんなっ！　代わりに俺が帰ってやる！　つか今日の検挙までって約束だろ⁉」

「フレデリックの代わりがそう簡単に見つかると思うか？　私の乳兄弟《ちきょうだい》の優秀さを見くびるなよ。カドック、そいつをそこのデスクの椅子《いす》に縛《しば》り付けてくれ。私は一度シャワーを浴びたら仕事に戻るから、用意しておいてくれ」

隣の部屋に声を掛ければ、事務官たちが待っていましたと言わんばかりに報告書やら何やらを部屋に運び込む。アルフォンスが「僕もここで仕事するから、デスク持ってきて」と言い付ければ、マリオを縛り終えたカドックが予備のデスクを調達しに行く。あまりに忙しい時は師団長と副師団長はセットで同じ部屋にいたほうが効率がいいのだ。部下にも「探し回る手間が省けます」となかなかに好評である。

「僕もシャワー浴びてこよーっと………ところでウィル」

ワイシャツのボタンを外しながら振り返る。

急に騒がしくなった部屋の中でアルフォンスはじっと私を見つめている。

「リリィちゃんと、ちゃんとゆっくり話はできたの？」

痛いところを突《つ》かれて押し黙《だま》る。

アルフォンスは、やれやれと言わんばかりに苦笑《くしょう》を零《こぼ》した。

「……まあ、忙しかったし、セディもいるから難しいとは思うけど、いくらにこにこ笑っててても色んなことを溜《た》め込んでいると思うから、ちゃんと話し合ったほうがいいよ。そうしないとリリィちゃん、お前の知らない間に修道院に行っちゃうよ」

うぐっと言葉に詰まる。色んなものが胸にぐさぐさと刺《さ》さった。

アルフォンスはそれだけ言うとカドックに声を掛けて、私の執務室《しつむしつ》を出て行った。その背を見送り、私も立ち上がる。マリオが何か喚《わめ》いているがやっぱり無視して、私は部屋の奥にあるシャワールームへと逃げ込む。

脱衣所《だついじょ》で、私は先ほどから微《かす》かに痛み始めていた頭を押さえる。

時折、不意に私を襲《おそ》うこの頭痛は、記憶喪失になっていた時の痛みに似ていて、何か、とても重要な何かを忘れている気がしてならない。この感覚はだんだんと確信に近くなっている。だが、それが一体、なんなのか皆目見当《かいもく》がつかない。

「……私は一体、何を忘れているんだ……？」

苛立《いらだ》たしげに呟《つぶや》いて、がしがしと髪《かみ》を掻きながら、汗臭《あせくさ》い服を脱ぐのだった。

漸《ようや》く帰宅できた私をリリアーナとセドリックは嬉しそうに迎《むか》えてくれた。

先にお風呂《ふろ》へと言われて、久しぶりにセドリックと入浴を楽しみ、その後は、フレデリックたちも一緒に五人で夕食を囲んだ。

リリアーナは、この数週間で随分と料理の腕が上達したようで、今夜のシチューは頬が落ちそうなほど美味しかった。つい三杯《さんばい》もおかわりしてしまったほどだ。

セドリックは、私の帰宅がよほど嬉しかったようで、ずっとはしゃいでいたからか、夕食が終わる頃には船をこぎ始め、リリアーナとエルサが皿を洗い終える頃には、私の腕の中でぐっすりと深い眠りに落ちてしまった。

結局、何をしても起きなかったので、私たちも二階へと上がってベッドに寝かせた。

あどけない寝顔は、とても可愛らしい。リリアーナが愛おしそうに髪を撫《な》で、セドリックに毛布を掛ける。

「リィナ。アルからねぎらいにワインを貰ったんだ。少し付き合ってくれるだろうか？」

「はい。では、用意しますね」

「そうおっしゃるような気がいたしまして、ご用意しておきました」

開けっ放しだった寝室《しんしつ》のドアを振り返れば、トレーにグラスを乗せたフレデリックとワインの瓶《びん》とジュースのデキャンタを持ったエルサが立っていた。

「ありがとう。お前たちも今夜は家に帰っていいぞ」

「はい。そうさせていただきます」

「おやすみなさいませ」

二人はベッドの横にある小さなテーブルの上に仕度をして、一礼すると隣の家へと帰って行った。

私はリリアーナの手を取り、二人がけのソファに腰かける。リリアーナが慣れた手つきで私のグラスにワインを注いでくれたので、私もリリアーナのグラスにジュースを注ぐ。

「美味しそうです」

「アルが君にとくれたんだ。リンゴのジュースだと言っていたよ」

「さっぱりした甘さで、美味しいです」

嬉しそうにグラスに口を付けるリリアーナはとても可愛い。

傍にいたいのに、立場上、仕事を疎《おろそ》かにするわけにもいかず、リリアーナとゆっくり話もできなかった。心配していたよりも元気そうで私は、安堵《あんど》の吐息《といき》をワインの中に隠す。

それから他愛のない話を交《か》わす。

ワインが半分ほど空になったところで、私はやはり、サンドラのことや借金のことについて改めてリリアーナに責任はないのだと話そうと決意した。

「ところでリリアーナ」

「はい、なんれふか？」

思わず二度見する。

「リリアーナ？」

「はい。なんれすか？」

きょとんとリリアーナが首を傾げる。

白い頬が赤く染まって、星色の瞳はとろんとしている。

私は、ジュースのデキャンタに手を伸ばし、行儀《ぎょうぎ》は悪いが直接口を付ける。

「……酒じゃないか！」

思わず叫《さけ》ぶとリリアーナが、びくりと肩を揺らした。

匂《にお》いはジュースそのもので、口当たりが甘く飲みやすいので、リリアーナもエルサたちも気付かなかったのだろう。

「ど、どうしたんれふか？　おこらないでくらはい」

泣き出しそうになったリリアーナを抱き締め「怒ってない、驚いたんだ」と背中をさすれば「ふふふっ」と笑ったリリアーナが身を寄せてくる。

妻のあまりの可愛さに身悶えしながら、アルフォンスとの言葉を思い出す。

『これ、頑張《がんば》ってる君にあげようと思って！　はい、ワインとこっちはリリィちゃんに。リンゴのジュースみたいなものだよ。母上の一押しだよ』

みたいなものというのは、つまり度数の低い酒という意味だったのかと頭を抱《かか》えたくなる。酒に強いアルフォンスや王妃殿下《おうひでんか》にしてみれば、まさにジュースみたいなものだ。

王国の貴族の夫婦は就寝《しゅうしん》前にこうして酒を飲んで、ゆっくりと過ごす習慣があるから、私たちを心配してくれていた親友の心配りだ。それに彼は、リリアーナが酒を飲まないことを知らない。

「ウィリアムさま？」

私を呼ぶ声に我に返ると私から少し離れて、リリアーナが泣きそうな顔をしていた。

「リ、リリアーナ？」

「ごめんらさい、やーなのに、くっついて、ごめんらさい。だから、こわいかおしないで」

「い、嫌なわけないだろう？　少し考えごとをしていただけだよ。怒っていないから、大丈夫だよ、おいで」

どうやら難しい顔をしていたために怒ったと勘違《かんちが》いさせてしまったようだ。

あの両親と姉のせいでリリアーナは、怒られることを異常に怖がる。それだけの仕打ちをされて生きてきたのだから、これぱかりは時間をかけてゆっくりと癒《いや》すしかないのだ。

改めて腕を広げると少し悩むようなそぶりを見せた後、リリアーナはふにゃんと微笑《ほほえ》んで、なんと一度立ち上がって自分から私の膝の間に収まった。可愛くて涙《なみだ》が出そうだ。

「ウィリアムさま、みてくらさい」

リリアーナがまだ首にかけたままだったサファイアのネックレスを見せてくる。

「わたしのだんなさまから、もらったんれすよ。こんやくゆびわは、みえちゃうからかくしてあります。でもどっちもわたしのおまもりで、たからものです」

リリアーナの細い指先がネックレスを撫でた。

「ウィリアムさまの、おめめとおんなじ、きれいなあお」

うっとりと呟かれた言葉になんとなくいたたまれなくなって目を背《そむ》ける。

懇意《こんい》にしている宝石商を師団長室に呼んで、ネックレスは二時間かけて選んだ。リリアーナの好きな淡《あわ》いピンク系の宝石にするべきか、彼女の若さを際立てる美しい緑にするべきか、大人の魅力《みりょく》を引き出す紫《むらさき》か、そうやって悩んだ結果、男のちっぽけな独占欲《どくせん》が自分の瞳の色を選んでいたのだ。それを見透《みす》かされてしまったような気がして気まずい。

「……わたしの、だんなさまの、いろ」

ぐうの音もでないほど可愛い。

私は頭の中で一生懸命素数を数えて、家出しようとする理性をどうにか押しとどめる。

「……わたし、わがままれすから、ずっとウィリアムさまのとなりにいたいのれす」

「リリアーナ?」

弾んでいた声が急に寂《さび》しげなものになる。

「わたし、おかあさまのいうとおり、なーんにもできないんれす」

「そんなことはない。君はいつも色々なことを頑張ってくれているじゃないか」

リリアーナは私の言葉に泣きそうな顔をして俯《うつむ》いてしまう。

「……でも、だめなんれすよ。らって、あのときのおかあさま、すごく、すーごくこわいかおをしていました。……わたしを、ふこうにするために、ぜんぶをこわすっていってました。ウィリアムさまのこと、おそってくるかもしれません」

「私は強いから大丈夫だよ。返り討《う》ちにして、今度こそ捕まえるよ」

「わたし、すごーく、やな子なのれす。……それでもそばにいたいって、あなたをあいするきもちを、すてられないのです」

酔《よ》っぱらっているリリアーナの耳に私の声は届いているようで、届いていない。ぽろぽろと零れる感情をリリアーナは、独り言のように言葉にしている。

淡い金の長い睫毛《まつげ》が揺れて、銀色の瞳からぽろぽろと白い頬を伝って涙が零れて落ちていくのを私はどうしていいか分からずに見つめていた。

「すごくしあわせだと、きゅうにふあんになるんれす。……ウィリアムさまが、またけがをして、わたしをわすれちゃったらどうしようって。きゅうにきらわれて、まえみたいにわらってくれなくなったら、どうしようって」

彼女の細い手がまた鳩尾《みぞおち》に添《そ》えられた。握《にぎ》り締《し》められたそこに皺《しわ》が寄る。

「わたし、ほんとうは、ウィリアムさまのつまにはふさわしくないのに。もらうばかりで、なにもあなたに、かえせない」

また、彼女は微笑《わら》った。

「わたしは、だめなこ、だから。じぶんからは、はなれられないのれす。あなたが、おわかれをいってくれるひまで、そばにいようってきめたんれす」

全てを諦めて、ただ静かに、哀《かな》しそうに彼女は微笑んでいた。

「でも、あなたがわらってくれるだけで、わたし、ほんとうにしあわせでした」

彼女の涙が濡《ぬ》らす頬に唇を寄せ、小さな体を強く抱き締めた。

何が大丈夫そうだ、とさっきの自分を殴《なぐ》りつけたくなった。アルフォンスの言う通り、笑っていたって大丈夫じゃないのを、私は知っていたはずなのに。

「にげて、ウィリアムさま。あのひとは、ほんとうにこわいひとだから。わたしのように
あなたがきずつけられないように……でも、どうかセディだけはつれていってくらさい。
あのこがもう、きずつかないように。わたしはだいじょうぶ、もう、なれていますから」

弱々しく消えそうな声が、独り言のように囁《ささや》いた。

自分勝手に溢れた涙が彼女の髪に落ちた。搔き抱《いだ》くように抱き締めて、細い肩に顔を埋《うず》める。リリアーナは私の胸に顔を埋めて頰を寄せる。

伯爵家で凜《りん》としてサンドラに立ち向かった彼女を見た時、もう大丈夫だと思った。リリアーナは、もうサンドラには囚《とら》われないだろうと。私が傍にいれば大丈夫だろうと。だが、それはとんだ傲慢《ごうまん》だった。その人生の半分以上を支配されていた彼女の心は、どうやってもまだ心の奥底《おくそこ》でサンドラに怯えているのだ。

あの薄暗《うすぐら》い寂れた部屋で、彼女はどれほど怖い思いをしたのだろう。どれほど傷付けられて、何をどれだけ諦めてしまったのだろう。

私が顧《かえり》みなかった一年間、彼女は私のことも諦めていたのだろう。いくら想いを通わせたといっても、私が彼女を無視し続けた時間のほうがまだ長いのに。

彼女はいつだって諦める準備をしている。それは今も変わりない。だが彼女は、自分の心の守り方をそれ以外、知らないのだ。

「……大丈夫だ、リリアーナ。私が全てを護るから。大丈夫、絶対に大丈夫だ」

体を離して、無理やりに微笑んで彼女の顔を覗き込む。

するとリリアーナは安心したように微笑んだ。そして、ゆっくりと星色の瞳は落ちてきた瞼の裏側へと隠れてしまう。眠ってしまったことで少しだけ重さの増した愛《いと》しいリリアーナの体をそっと包むようにして抱き上げる。

ソファから立ち上がり、隣のベッドの真ん中で眠るセドリックの隣にリリアーナを横たえた。セドリックが身じろぎして、起こしてしまったかと焦《あせ》るが大好きな姉を見つけると嬉しそうにその腕の中に潜《もぐ》り込む。寝ぼけた紫色の瞳は、私を見つけると幸せそうに細められて、また安心したのか眠ってしまった。

「すまない、リリアーナ」

いつものように寝ころんで二人を腕の中に閉じ込める。

「私は、いつも色んなことに気付くのが遅《おそ》すぎる。優《やさ》しい君に相応《ふさわ》しくないのは私のほうだ。でも私は、君と違って綺麗な人間ではないから、絶対に君も、セディも手放さないよ。私は君以外の奥さんなんていらないんだ。だから、どうか私の傍にいてくれ」

リリアーナの寝顔に囁いて、誓《ちか》いを立てるようにその額にキスをしたのだった。

幕間二　月夜の訪問者

「こんな夜更《よふ》けに人の屋敷《やしき》に押しかけるとはまあいい度胸ですな、アルフォンス殿下《でんか》」

「仕方ないだろう？　私も公爵《こうしゃく》も多忙《たぼう》だ。こうでもしないと碌々《ろくろく》話もできないだろう？」

親子ほども年の離《はな》れた従兄弟殿《いとこどの》は、ひょうひょうと笑って紅茶を美味《おい》しそうに飲む。

私──フックスベルガー公爵・ガウェイン・クレアシオン＝ザファウィーは、やれやれと肩《かた》を竦《すく》めて椅子《いす》に座り直し、ティーカップを手に取った。澄《す》んだ赤茶色の綺麗《きれい》な紅茶は見事な腕前《うでまえ》のなせる業《わざ》だ。雑味は一切《いっさい》なく、茶葉本来の旨味《うまみ》や香りを全て引き出している。

ガラス張りのテラスに用意された席で従兄弟殿は、王太子らしいきちんとした格好をしているが私はシルクの寝間着《ねまき》にガウンを羽織った姿だ。彼の言葉通り本当に寝《ね》る前にやって来て、身仕度《みじたく》の時間が惜《お》しいからそのままでいいと言われたのだ。普段《ふだん》なら「礼儀《れいぎ》を弁《わきま》えて下さい」と窘《たしな》めるところだが、時間も時間だったので全て諦《あきら》めた。この従兄弟殿は昔から一度言い出したら聞かないのを身に染《し》みて知っている。

「それで、何のご用で……」

「月が見事な夜だ。カップの中に満月が浮《う》いている」

子どものように表情を緩《ゆる》めて従兄弟殿は、ティーカップに浮かぶ月を見ている。なんとなく視線を向ければ、確かにティーカップの中に青白い満月がゆらゆらと浮かんでいた。

「月を飲む紅茶とは、なかなかに風情《ふぜい》があるな」

そう言って、従兄弟殿はまたカップに口を付ける。

言われてみると確かにその通りだと思えて私も暫《しば》し、紅茶を楽しんだ。広い庭を吹《ふ》き抜《ぬ》ける初冬の風がカタカタとガラス張りの窓を揺《ゆ》らす。

「貴公も、リリアーナ夫人の行方《ゆくえ》を探《さぐ》っているそうだな」

唐突《とうとつ》に口火を切った従兄弟殿は、まるで明日の天気の話でもしているかのようだった。

「妻のストールを預けて早三週間が経《た》ちますからね。進捗《しんちょく》を尋《たず》ねたいのですよ」

「彼女の針は魔法《まほう》の指揮棒のようだ。針と糸を自在に操《あやつ》って何もない布の上に美しい花を咲《さ》かせ、小鳥を囀《さえず》らせる」

そう言って、従兄弟殿はポケットから取り出したハンカチの紋章を私に見せてくれた。

彼女のハンカチに施《ほどこ》されていた薔薇《ばら》の刺繍《ししゅう》よりも意匠《いしょう》が意匠なだけにずっと緻密《ちみつ》で繊《せん》細《さい》な出来だ。針子の性格が分かる丁寧《ていねい》な仕事が見て取れる。

「ターシャは刺繍が苦手でしてね。生前、彼女が刺《さ》してくれたものはハンカチ一枚きりで、そこにあった刺繍が猫《ねこ》かと思って褒《ほ》めたら機嫌《きげん》を損ねてしまったという苦い思い出《そこ》がありますよ。……ですが、なるほど、リリアーナ夫人ならやはり大丈夫《だいじょうぶ》そうですね」

「だろう？　私も気に入っているんだ」

そう言って従兄弟殿は、頬《ほお》を緩ませた。生まれた時から知っているが、その目に僅《わず》かな恋情《れんじょう》にも似た何かを宿すのを初めて見てしまった。

「……おやおや、側室にでも召《め》し抱《かか》える気ですかな」

「馬鹿を言え。私は国を護《まも》る立場にある者、自ら国の破滅《はめつ》の道を選ぶわけにはいかない」

心底、ごめんだと言いたげな表情に私は、くくっと喉《のど》を鳴らして笑う。

確かに英雄《えいゆう》殿を敵に回して、この国にいいことは一つもないどころか国が滅《ほろ》ぼされても文句は言えない。英雄殿はそれほどまでに影響力《えいきょうりょく》のある男だ。

「それに夫人に感じるのは、恋慕《れんぼ》の情ではないよ」

こともなげに言って、従兄弟殿はジェームズにおかわりを要求した。ジェームズが彼のティーカップに新たな紅茶を注ぐ。

親子ほども年が離れ、ジェームズよりも年下の彼は、しかし、幼い頃《ころ》から非常に優秀《ゆうしゅう》で聡《さと》い子どもだった。人の心を上手に読んで掌握《しょうあく》するその手腕《しゅわん》はなかなかのものだ。

「憧《あこが》れはあるな。彼女はとても清らかで美しくて、眩《まぶ》しい。その眩しさが苦くもあるが私は心地《ここち》良いとも感じる。夫の侯爵《こうしゃく》と同じように高潔な魂《たましい》を彼女も持っているのだろう」

「……なんとなく、それは分かりますなぁ」

呟《つぶや》いて視線を落とす。

確かに月の女神《めがみ》のように美しい女性だが、彼女の美しさを際立《きわだ》たせているのはその内面の輝《かがや》きだ。

「その正反対の存在が、貴公がこの間まで囲っていた性悪女《しょうわるおんな》だが、あれはどこにいる？」

「おやおや、随分《ずいぶん》と口の悪い。紳士《しんし》たる者、いかなる場合においても女性をそのように言うものではありませんよ」

「答えよ」

従兄弟殿は私の諫言《かんげん》など聞こえなかったかのようだ。

「どうして、私が知っていると思うのです？」

「貴公は、随分とあの女に入れ込んでいたようだからな。弱みでも握《にぎ》られたか？」

「人聞きの悪い。私は亡《な》くなったイスターシャ一筋ですよ」

「だが、イスターシャ夫人を喪《うしな》ってからの貴公は、ずっと空っぽのままだからな」

はっきりと言って、彼は紅茶を飲む。

私は暫し、沈黙《ちんもく》してしまった。

「空っぽの貴公は、ずっと危《あや》うい。私が知るフックスベルガー公爵は愛国心の強い切れ者だが……今の貴公は、まるで抜け殻《がら》だ」

「……殿下、こういった繊細なお話は無遠慮《ぶえんりょ》に踏《ふ》み込むものではありませんよ」

「貴公が領地に蓄《たくわ》え込んだ大量の小麦で何をするかは大体の見当がついているが、一介《いっかい》の外交大臣如《ご》きが私や国王の意思なく、そのようなことができると思うなよ」

空色の瞳《ひとみ》が意地の悪い猫のように細められる。

いや、猫なんて可愛《かわい》いものじゃない。それは猛獣《もうじゅう》の、捕食者《ほしょくしゃ》のそれだ。

「この国は私のものだ。この国の民《たみ》も全て私のものだ。それらを一つでも損なおうとするのなら、私はいつまでもお前の良く知る青臭《あおくさ》い若造の可愛い殿下ではいられないのだ」

ぴりりと冷たい空気が威圧《いあつ》に震《ふる》える。

現王も優秀で素晴《すば》らしい統治者であることは間違《まちが》いない。

だが、現王は私の父と王位を争うという隙《すき》があった。ところが、この従兄弟殿にはその隙がない。私の名前が王位継承《けいしょうけん》権争いの槍玉《やりだま》にあげられているのは知っているが、あくまでそれだけだ。普通《ふつう》よりは随分と優秀である第二王子の名すらそこには並ばない。

優《やさ》しく朗《ほが》らかな好青年の皮を被《かぶ》ってはいるが、彼の本質は『王』である。自ら剣《けん》を握り戦場へと出た彼は現王よりも冷酷《れいこく》で冷徹《れいてつ》だ。百を護るために一を殺すことを厭《いと》わないのが、次代のクレアシオン王だ。

私は「殿下」と声を掛《か》けその空色の瞳を見つめ返す。

「強欲《ごうよく》は、身を滅ぼしますよ」

そう返して、私は静かに微笑《ほほえ》んだ。

従兄弟殿の整えられた眉《まゆ》がひくりと動いた。

第五章　凜と咲く花、悪に散る花

記憶《きおく》がありません。

昨晩、アルフォンス様から頂いたリンゴジュースが、ジュースではなくお酒だったらしく、私は見事に酔《よ》っぱらってしまったそうです。

ウィリアム様がアルフォンス様にハンカチを自慢《じまん》されたという話までは覚えているのですが、それ以降はさっぱり記憶にありません。気が付いたら朝でした。

「……変なこと、言ってないといいのですが」

ウィリアム様は優《やさ》しい方なので「可愛《かわい》かったし、すぐ寝《ね》てしまったよ」と言って下さいましたが、酔うと何をするか分からないと前に小説で読みましたから心配です。

私はため息を一つ零《こぼ》して、読んでいた本を閉じました。そろそろお昼ご飯の仕度《したく》をしないとなりません。

セドリックはフレデリックさんと近所の青果店さんにお遣《つか》いに行っています。エルサは二階で掃除《そうじ》をしています。

ふと、顔を上げて私は目を瞬《しばたた》かせます。

「まあ、公爵《こうしゃく》様」

庭先に公爵様が立っていて、私に手を振《ふ》っています。私はソファから立ち上がり、庭へと続く窓を開けました。

「え……っ⁉」

次の瞬間《しゅんかん》、口元を何かに覆《おお》われ、一瞬《いっしゅん》で抱《だ》きかかえられます。公爵様が何かを言っている声がしますが、私の意識があったのはそこまでで、どろりとした甘い臭《にお》いを感じた時には意識が強制的に遠のいていってしまったのでした。

「リリアーナが誘拐《ゆうかい》された⁉　どういうことだ！」

見たこともないくらいに焦《あせ》った様子で執務室《しつむしつ》に飛び込んできたフレデリックからもたらされた報《しら》せに、私は思わず声をあげた。一緒《いっしょ》に仕事を片付けていたアルフォンスも口がぽかんと開いたままだ。

「セディは？」

「侯爵家《こうしゃくけ》に。アリアナとアーサーが傍《そば》におります。申し訳ありません。私がセドリック様と遣いに出かけたばかりに……っ」

「私も気付いて下に降りた時には奥様《おくさま》が馬車に担《かつ》ぎ込まれていて……申し訳ありません」

フレデリックとエルサが後悔《こうかい》に苛《さいな》まれた様子で頭を下げた。

「常駐《じょうちゅう》させていた護衛たちは？」

「それが何者かによって急所を一撃《いちげき》で突《つ》かれ、全員、気絶させられていました」

鍛錬《たんれん》の追加決定だな、と舌打ちをする。

「一体、誰《だれ》が？　やはりサンドラか？」

「現場にこれが」

フレデリックが差し出したのはくすんだ銀の指輪だった。

それは宝飾品《ほうしょくひん》ではなく、家の紋《もん》が彫《ほ》られた当主の指輪だ。

「……フックスベルガー公爵家の指輪だな」

「争ったような形跡《けいせき》はありませんでしたが、庭に出る窓の鍵《かぎ》が内側から開けられていました。ですから、公爵様がいらっしゃって奥様は自分から外に出たのかと」

「公爵様がサンドラに協力し、奥様を連れ去ったのではないでしょうか？　やはり公爵様がサンドラの居場所を知っていたのでは？」

エルサが焦ったように言う。

何か、何か大事なことを忘れている、という警鐘《けいしょう》が頭の中に鳴《な》り響《ひび》き、呼応するように頭が痛くなり、徐々《じょじょ》に痛みが増していく。

「うっ……！」

頭を押さえてよろめきそうになるのをぐっとこらえる。

「旦那様《だんな》⁉　どうされました？　もしやまた頭が痛むのですか？」

フレデリックが心配そうに声を掛《か》けてくれるが、答える余裕《よゆう》もなく私は忙《せわ》しなくデスクの上に目を走らせる。

私は、重要な何かを忘れている。

雑多なデスクの上に散らばった書類、転がった万年筆、疲《つか》れた時に眺《なが》めているリリアーナがくれた刺繍《ししゅう》入りハンカチ、書類に押す印鑑《いんかん》、どうでもいい夜会への招待状。

「……夜会？」

「旦那様？」

エルサが訝《いぶか》しむように私を呼んだ。

次の瞬間、私の頭の中に映像が駆《か》け巡《めぐ》る。

私は、手元のデスクの引き出しを開け、中身を床《ゆか》にぶちまける。

「ウィル⁉」

アルフォンスが驚《おどろ》いたように駆け寄ってくるが、かまわずに私は引き出しを逆さにして振った。ガコンと板が外れて、二重底の下に隠《かく》されていた中身がばさばさとデスクの上に散らばる。

それはメモ用紙と手帳だった。手帳を開くと、記憶喪失《そうしつ》になる前の私が一人で調べ上げた内容が事細かに書かれている。

「……ウィル、これ」

横から覗《のぞ》き込んできたアルフォンスの表情が険しくなる。フレデリックとエルサも散らばったメモから事情を読み取ったようで、顔が強張《こわば》る。

「……リリアーナを攫《さら》ったのはおそらくサンドラだ」

「何故《なぜ》、そう思うの？」

「思い出したからだ……黒い蠍《さそり》と繋《つな》がっていたのは、エイトン伯爵《はくしゃく》ではなく、サンドラだということを」

「どういうこと？　それにこれは……」

アルフォンスが首を傾《かし》げる。

「私が記憶喪失になる二週間ほど前。フリットン伯爵家で開かれた夜会に出席した時だ。そこで次から次へと寄って来るご機嫌伺《きげんうかが》いの相手に疲れた私は、庭へ逃《に》げた。その時、サンドラが明らかに貴族ではない男と話をしている姿を見たんだ。それはほんの僅《わず》かな時間で、男はすぐに姿を消した。だが男の首筋に黒い蠍の入《い》れ墨《ずみ》を、私は確かに見た」

黒い蠍の一味は、皆《みな》、体のどこかにその入れ墨を入れている。

「どうして、すぐに言わなかったんだ」

「言えるわけがない。私はエイトン伯に否を言わせないために王太子であるお前に口添《くちぞ》えしてもらい、結婚《けっこん》した。その結婚に、黒い蠍が絡《から》んでくれば、それこそ互《たが》いの足元を掬《すく》われかねない。それに何より、私が自分勝手に傷付けている妻の名誉《めいよ》くらいはせめて守らねば、とそれくらいしかあの時の私にできることはなかった」

「……それで、一人で調査を？」

「ああ。証拠《しょうこ》が固まり次第《しだい》、アルに報告して内々に処理しようと思っていたんだ。それがまさか記憶喪失になるなんて、想定外だったんだ。すまない」

アルフォンスは、何か言おうとして口を閉じた。言うべき言葉が見つからなかったのかもしれない。

「……では、奥様は黒い蠍の拠点《きょてん》に？　まさかサンドラはそいつらと国外へ逃げるために奥様を人質《ひとじち》に連れ出したのですか……？」

エルサが言葉にするのも恐《おそ》ろしいといった様子で唇《くちびる》を震《ふる》わせる。

「いや、そう簡単にはさせない。リリアーナに付けているのは、お前たちだけじゃないんだ。フレデリック、ラザロスを呼んできてくれ。そして、そのまま私の馬の準備を。ラザロスの隊を連れて、準備が整い次第、即刻《そっこく》救出に向かう」

「ですが……」

「大丈夫《だいじょうぶ》、すぐに居場所は分かる」

そう告げた瞬間、師団長執務室のドアが勢いよく開いたのだった。


目を開けると、十五年間見慣れた自室の天井《てんじょう》がありました。

徐々にはっきりしてくる意識の中で、私は自分が何者かに攫われたという事実を思い出し、勢いよく体を起こしました。

何故か私は、真っ白なウェディングドレス姿でベッドに寝かされていました。

控《ひか》えめなデザインのものでしたが、間違《まちが》いなくウェディングドレスです。髪《かみ》も綺麗《きれい》に結《ゆ》われていて、首筋がスースーします。

「あ！　ああ、良かった……っ」

はっとして首元に触《ふ》れて、私は安堵《あんど》の息を漏《も》らしました。取られてしまったかと思いましたが、そこにはちゃんとウィリアム様が下さった青いサファイアが輝《かがや》いていました。サファイアを握《にぎ》り締《し》めるだけで、泣きそうになるくらい安心します。

私はそれを握り締めたまま部屋の中をもう一度見回しますが、扉《とびら》が外れたクローゼットも軋《きし》むベッドもそのままで、厚いカーテンは以前よりぼろぼろになっています。手足は自由でしたので、ベッドから下《お》りて窓際《まどぎわ》へと駆け寄り、外を見ます。

外はもうすぐ陽が沈《しず》み、空がだんだんと夕焼けに染まっていく時間帯でした。

薄暗《うすぐら》いお庭には、いくつかの人影《ひとかげ》が見えますが敵か味方かは分かりません。

私の記憶にあるのは、お庭に公爵様が現れて連れ去られたところだけです。

「セドリックやエルサは無事でしょうか。いえ、フレデリックさんがついていますし、エルサは強いですから大丈夫です」

私は自分に言い聞かせて顔を上げます。とりあえずここにいては危ない気がしますので、部屋から出ようと振り返るのと同時に、キィィと耳障《みみざわ》りな音を立ててドアが開きました。

「あら、リリアーナ。起きたのね」

その声に体がびくりと強張りました。

ドアの向こうから現れたのは、嫣然《えんぜん》と微笑《ほほえ》むサンドラ様とその腰《こし》を抱く公爵様でした。

「こ、公爵様、どうして……」

「サンドラには少々、借りがあってね」

公爵様は淡々《たんたん》と告げて、サンドラ様を振り返りました。サンドラ様は、淡《あわ》い微笑みを浮《う》かべたまま公爵様に何かを告げると一人でこちらにやって来ます。

「綺麗にしてもらったのね、花嫁《はなよめ》という商品として相応《ふさわ》しいわ」

手を伸《の》ばせば届くような近くまで来て、サンドラ様は足を止めました。

差し込む夕陽《ゆうひ》にサンドラ様の微笑みは照らされていますが、背後に立つ公爵様にまでは届かず、彼の表情はよく見えません。なんだかそれが酷《ひど》く怖《こわ》くなって、足が勝手に後ろに下がりました。ですが、真後ろは窓で肘《ひじ》がガラスに当たった僅かな音が部屋に響きました。

「本当に……カトリーヌにそっくりね」

サンドラ様の声は感情がそぎ落とされているかのように平坦《へいたん》でした。

「そっくりすぎて本当に嫌《いや》になってしまうわ。でもそれも今日で終わり。貴女《あなた》はオークションの目玉商品になるの。クレアシオン王国の英雄《えいゆう》の妻だもの、いい値《ね》が付くわ」

「オ、オークション？」

「ええ。でも貴女が生きていると私、迷惑《めいわく》なの。だから貴女は永遠の花嫁をテーマにした商品にするの。すごいのよ、今の技術は死体を美しい人形のように保存できるんだもの」

おぞましい言葉の数々をまるで歌うように朗《ほが》らかにサンドラ様の赤い唇が紡《つむ》ぎます。

サンドラ様は、ドレスの腰元《こしもと》、フリルで隠されたそこからナイフを取り出しました。

逃げなければと思うのに足が竦《すく》んで、咄嗟《とっさ》に摑《つか》んだカーテンを離《はな》したら腰から崩《くず》れ落《お》ちてしまいそうです。もう片方の手でネックレスを握り締めて、何度も何度もウィリアム様を呼ぶのですが、舌がもつれて恐怖《きょうふ》に慄《おのの》いた唇からは、意味のない声が漏れるばかりです。

「サンドラ」

私に近づこうとしたサンドラ様を公爵様が呼び止めます。

サンドラ様が公爵様を振り返り、小首を傾げます。

「リリアーナ夫人だってただ傷付けられては可哀想《かわいそう》だ。どうして君がそこまで彼女を憎《にく》むのかきちんと教えてあげたらどうだい？　君だって知りたいだろう？」

公爵様に尋《たず》ねられて、私は時間を稼《かせ》ぐチャンスだと精一杯《せいいっぱい》、頷《うなず》きました。

するとサンドラ様は、ナイフを構えたまま「そうね」と呟《つぶや》いて頬《ほお》に落ちていた髪を耳にかけ、私に顔を向けました。

「…………庶民《しょみん》の娘《むすめ》は、暇潰《ひまつぶ》しのいい玩具《おもちゃ》」

サンドラ様は私を見つめたまま、赤い唇で言葉を紡ぎます。

「十三歳で学院に入って、初恋《はつこい》の人に言われたの。私、十三歳にしては発育が良かったし、母譲《ゆず》りの美貌《びぼう》のお蔭《かげ》で大人びて見えたのね。だけど中身は何も知らない子どもだった」

微笑みを模《かたど》っていた唇が嘲《あざけ》りを滲《にじ》ませて歪《ゆが》んだのに気付いて息を呑《の》みました。

「貴族令嬢《れいじょう》の純潔を奪《うば》うと厄介《やっかい》だけれど、玩具ならかまわないだろうって。学院の倉庫に連れ込まれて無理やりに辱《はずかし》められたわ。痛くて、怖かった。泣いて叫《さけ》んだけど誰も助けてはくれなかったわ。悔《くや》しくて辛《つら》くて、怖くて、でも、同時に『だったら利用してやる』って決めたの。母が酒場のただの女給でありながら男爵《だんしゃく》の寵愛《ちょうあい》を受けて、豊かに暮らしているように私だって、馬鹿でクズな男共を利用してのし上がってやろう、って」

サンドラ様は、紡ぎ出す言葉とは裏腹にいつもと同じように再び微笑みを浮かべます。

「十五で学院を卒業して、その後は夜会に出てたくさんの紳士《しんし》と仲良くなったわ。そうするとね、お金もたくさんもらえるし、ドレスも宝石も買ってもらい放題だった。だけど、私は『愛人』にするにはいいけれど『正妻』にはできないって男共は言うの。酷いでしょう？　男って本当に最低よ。男たちは皆、下位貴族の妾腹《しょうふく》の娘としてしか私を見ていなかったわ。でも……ライモスだけは違《ちが》ったの」

サンドラ様は愛おしそうに目を細めて、想《おも》い出《で》を懐《なつ》かしむように語ります。

「ライモス・オールウィンは、一番優しく、そして、純粋《じゅんすい》に私に恋をしてくれたの」

まるで花開くような笑《え》みは、少女のように可憐《かれん》で美しい笑みでした。

「彼の家は厳しくて、彼は他の男たちみたいに宝石やドレスなんてくれなかったけれど、いつも花をくれたわ。豪華《ごうか》な薔薇《ばら》の花束でも豪奢《ごうしゃ》な百合《ゆり》の花束でもなくて、季節を感じる小さくて可憐な花束だった。男たちは私に見返りを求めたけれど、彼だけは何も求めなかった。手を繋いだのが三回目のデートでキスをしたのは十回目のデートだった。私が初《いと》めてではないことは分かっていたのに、彼は私を大切にしてくれた。私と過ごす時間を愛しいと言ってくれた。ライモスだけが私を愛してくれたの。でも、」

すっと溶《と》けるように微笑みは消えて、冷たいものがその瞳《ひとみ》に宿りました。

「ライモスの両親は絶対に私との婚姻《こんいん》を認めてくれなかった。知っているでしょう？」

私はかろうじて頷いて、サンドラ様の問いに答えます。

「私が妾腹だから、血筋が正統ではないから由緒《ゆいしょ》あるオールウィン家には入れられないってはっきりと言われたわ。そして、先代はあっという間にエヴァレット子爵家《ししゃくけ》と縁談《えんだん》を調《ととの》えて、カトリーヌをライモスの妻として選んだの。もう何もかもがどうでもよくなって、私は手当たり次第に男を漁《あさ》ったわ。その結果、マーガレットができたの。でも、カトリーヌが死んで久しぶりに会ったライモスは言ったわ。私だけだって、愛しているのは君だけだって、何度も何度も、何度も言ったのに……っ」

サンドラ様が俯《うつむ》き、言葉を震わせました。ナイフを握る手に力が込められて、その細い肩《かた》も微《かす》かに震えています。

「あの男はっ、お前の存在を私に隠していたのよ……っ！　ささやかな結婚式を挙げて、屋敷《やしき》に着いて初めて知らされたわ、カトリーヌとの間に娘が一人いるって！」

顔を上げたサンドラ様は、もういつものように微笑んではいませんでした。真っ赤な夕陽に照らされて壊《こわ》れたように笑いながら私を見つめています。脚《あし》ががくがくと震えだして、恐怖に心臓が凍《こお》り付きそうです。

「初めてお前を見た時、よく殺さなかったと今でも思うわ。それほどお前はカトリーヌにそっくりだった！　正当な血筋というだけで私から、私を心から愛してくれたたった一人を奪った女にそっくりだ！　血筋なんて、私がどうこうできるものじゃないもので、あの女は私からあの人を奪った！　それにお前は私を裏切った男の娘よ？　どうして憎まずにいられるかしら。お前は私の不幸と憎悪《ぞうお》の証《あかし》。だから、だからねえ、リリアーナ」

艶《あで》やかな微笑みが再び美貌を支配しました。

「こ、こないで下さっ」

ゆっくりと近づいてくるサンドラ様から逃げようと、私はカーテンを放して壁伝《かべづた》いに歩き出そうとしますが、足がもつれて上手《うま》く動きません。

「侯爵様に愛されて大事にされるお前には分からないでしょう？　たった一人の愛する人に蔑《ないがし》ろにされて、踏《ふ》みにじられた私の気持ちなんて、妾腹の娘の、気持ちなんて分からないでしょう？　醜《みにく》い生まれの私の気持ちなんて……分からないでしょう？」

一瞬、サンドラ様の視線が窓の外に向けられました。

その隙《すき》に私は、サファイアを握り締めて力を振り絞《しぼ》り、出口に向かって駆け出しました。ドレスの裾《すそ》につまずいて、足がもつれて、転びそうになりながら出口を目指して逃げたのに、呆気《あっけ》なく公爵様に行く手を阻《はば》まれ、私はその腕《うで》の中に捕《と》らえられてしまいました。

「公爵様、そのまま捕《つか》まえておいて下さいませ」

サンドラ様の愉《たの》しげな声が背後から聞こえてきて、私はその腕に縋《すが》るように公爵様を見上げました。

「こ、公爵様っ、は、放して下さいませっ」

「……もう大丈夫だ。時間稼ぎのためとはいえ、怖い思いをさせてすまなかったね」

「……え？」

冷たく光っていた眼差《まなざ》しはもうそこにはなくて、穏《おだ》やかで優しい淡い緑の混じるハシバミ色の瞳が私に向けられ、温かな手で私は公爵様の背に隠されました。

「公爵様、冗談《じょうだん》はやめて下さいな」

サンドラ様が首を傾げました。その目が油断なく公爵様を見つめています。

「サンドラ、もう時間切れだ。君も気付いただろう？　騎士団《きしだん》が乗り込んできたことに」

私は、そこで初めて庭のほうからくぐもった喧騒《けんそう》が聞こえてくることに気が付きました。

「貴方《あなた》も私を裏切るの？　恩人である私を？」

「確かに君は、恩人だった。だが私は、私情に溺《おぼ》れてよい側の人間ではないんだよ。私は、フックスベルガー公爵。高貴なるクレアシオン王家の血を引く者、この国を護《まも》る者だ」

「ふざけないで！　貴方は私に借りがあるはずよ！」

「ああ、あったとも。だが、それはスプリングフィールド侯爵から君を庇《かば》った時点で、返し終えたと思っている。もうやめなさい、サンドラ。これ以上、罪を重ねるな。この五年、君から得た情報はもう既《すで》に王太子殿下《でんか》も侯爵も知っているだろう。ジェームズが託《たく》した書簡と共に報せに走ったからね」

「……嘘《うそ》よ、嘘よ、嘘よ‼」

「君は忘れているかもしれないが、私は外交官だ。交渉《こうしょう》という話術も人の懐《ふところ》に潜《もぐ》り込んで欲《ほ》しい情報を得ることも私の仕事の一環《いっかん》だ。君が黒い蠍と繋がっていると知ったから、私は君を利用した」

ヘーゼルの瞳がみるみるうちに見開かれて、そして、最後ににんまりと三日月の形に細められました。

「あはははははっ！」

壊れたように笑いだしたサンドラ様に、私は思わず公爵様の背中にしがみつきます。公爵様も一瞬、体を強張らせて警戒《けいかい》もあらわに後退《あとずさ》りします。

「あーあー……そう、なら……――貴方も一緒に殺してあげるわ」

サンドラ様がナイフを持つ手を振り上げました。その瞬間、シャワールームからぞろぞろと黒ずくめの男たちが姿を現しました。

公爵様が私を背に庇ったまま、後退します。公爵様は、懐から護身用の大ぶりのナイフを取り出して構えましたが、不利だというのは一見してすぐに分かりました。

「貴方も利用できないなら、もういらないわ。最後まで私の味方だったら一緒に連れて行ってあげようと思っていたのだけれどね」

ふふっと笑って、サンドラ様は腕を組んで小首を傾げました。

部屋が暗くて正確な数は分からないのですが、ざっと数えて十人はいる男の人たちが剣《けん》やナイフを構えてにじり寄ってきます。

「あの娘だけは生きたまま私に寄越《よこ》しなさい。公爵は殺していいわ。──行け」

その一言に一斉《いっせい》に気配が動いて、公爵様がナイフを逆手に持《も》ち替《か》え横に構えた時でした。

バッターンッとドアが背後で吹《ふ》き飛《と》んで巻き込まれた三人がドアの下敷《したじ》きになります。

「リリアーナ‼」

聞こえてきた声は、私がずっとずっと呼び続けて、願い続けた声でした。

マントを翻《ひるがえ》した大きな背中が公爵様の前に躍《おど》り出て、銀色の光る剣がたった一振りで一気に数人を吹き飛ばしました。

くるりと振り返ったその人に、私は公爵様の背から飛び出して躊躇《ためら》いなく飛び込みました。

「ウィリアム様……っ！」

「待たせて、すまなかった。もう大丈夫だぞ、リリアーナ」

ぎゅうと苦しいくらいに抱き締められて、ウィリアム様が耳元で囁《ささや》きました。

「……はいっ！」

その言葉に私は心からの安堵と共に頷きました。

「リリアーナ、怪我《けが》は？」

「ありません。公爵様が助けて下さったので」

良かったと微笑んだウィリアム様の唇が私の額に降ってきます。こんな時にと私が怒《おこ》る前にウィリアム様が顔を上げます。

「閣下、お怪我は？」

「ないよ。全く、遅《おそ》いじゃないか。ジェームズが報せに走っただろう？」

「これでも大急ぎで来たんです。ですが、妻を護って下さって、ありがとうございます」

「紳士たる者、か弱い女性を護るのは当然の義務だよ」

そう微笑んで公爵様は、ウィリアム様が投げた剣を受け取って構えました。ウィリアム様はもう一本、腰に下げていた剣を構えます。

二人が剣を構える先で残っていた数名の男の人を背後に従え、サンドラ様は変わらず嫣然と微笑んでいます。

私は、戦って下さっているお二人の邪魔《じゃま》にならないようにクローゼットに隠れ、公爵様が私の目の前で盾《たて》の役目を買って出て下さいました。

すぐに、サンドラ様たちが不利になっていきます。

ウィリアム様がお強いのは、騎士様というお仕事上、知ってはおりましたが私が考えていた以上にお強いのです。

たった一振りで敵の方たちがあっという間になぎ倒《たお》されて、床に転がります。公爵様も奮闘《ふんとう》されていらっしゃるのですが、ウィリアム様とは根本的な何かが違うのだと、剣術《けんじゅつ》などよく分からない私にさえも分かります。

敵の男たちから血が出たり、呻《うめ》き声が聞こえたりと恐ろしいのですが、それより私はずっとこっちを見ているサンドラ様のほうが百倍くらい怖いのです。

いつもと変わらず微笑んだまま、ナイフを片手にサンドラ様は一瞬たりとも目を逸《そ》らすことなく私を見つめています。

「あーあー、やっぱりね」

「ぐっ！」

場違いなほど暢気《のんき》な声が聞こえたと同時に目の前にいた公爵様ががくりと膝《ひざ》をつきました。公爵様は腕を押さえていて、その指の隙間から赤い血が溢《あふ》れ出しています。

「こ、公爵様！」

私の叫びに、最後の一人を殴《なぐ》り飛ばしたウィリアム様が、すぐに駆け寄ってこようとしましたが、公爵様の目の前に立つ男に気付いて足が止まります。

その人は線が細く背の高い、こんな時に綺麗と感じるほどの容姿でした。

首の後ろで一括《ひとくく》りにされた真っ黒な長い髪、蝋燭《ろうそく》の灯《あか》りに際立つ青白いとさえ言えるような白い肌《はだ》のその人は、細身の剣の先から血を滴《したた》らせながら、公爵様を見下ろしていましたが、不意にゆっくりと顔を上げました。

夜よりもずっと深い闇色《やみいろ》の瞳が私を捉《とら》えると、少しだけ見開かれたような気がしました。

「驚いた。女神《めがみ》がいる」

「貴様、誰だ」

ウィリアム様が剣を片手に構え、警戒しながらこちらへと少しずつ近づいてきます。

「俺は、そうだな。皆、好き勝手に呼ぶけど、仲間たちはアクラブとも首領とも呼ぶぜ。……にしても、想像していたより数倍、綺麗な奥様だ」

アクラブという敵の首領が公爵様を横目にこちらに来ようとしました。

ですが、公爵様の手がアクラブさんの腕を掴み、その一瞬の隙にウィリアム様が私に背を向けるようにして体を滑《すべ》り込ませました。ガキンッと鉄と鉄のぶつかり合う音がして、アクラブさんが公爵様の腕を振り払《はら》い、剣を構えたまま後ろへと跳《と》びます。

「私の妻に近づくな下郎《げろう》」

「ははっ、英雄殿《どの》、男の嫉妬《しっと》は醜いぜ？」

アクラブさんは剣で自分の肩をトントンと叩《たた》きながら、面白《おもしろ》そうに言いました。

「醜くて結構。私はそれほど彼女に限っては余裕のある男ではないのでね。女神を繋ぎとめるには英雄であっても絶え間ない愛情表現と努力が必要なんだ」

「ウィリアム君、惚気《のろけ》は他所《よそ》でやってくれたまえ」

公爵様がふらつきながらも落ちていた剣を拾い、構えます。

「こ、公爵様っ」

「大丈夫、死ぬような傷ではないよ」

振り返った公爵様は、穏やかに微笑んで再び前へと顔を向けました。

「ねえ、アクラブ。英雄殿は貴方にあげる。だから、その娘を私にちょうだい」

サンドラ様がアクラブさんの腕にそっと手を添えて彼を見上げます。

「それは難しい問題だ。俺は、ちょいと英雄殿に別れの挨拶《あいさつ》をしに来ただけだからな」

「別れだなんて寂《さび》しいことを言うなよ。お前を地下牢《ろう》の鎖《くさり》に繋ぎとめて、洗いざらい吐《は》かせてやる！」

ウィリアム様が不敵に告げて、一気に間合いを詰《つ》めました。ガキンッとまた鉄と鉄のぶつかり合う甲高《かんだか》い音がして、サンドラ様がたたらを踏みながら尻餅《しりもち》をつきました。公爵様が私のほうへと下がり、私を庇うように剣を構えて下さいます。

首を薙《な》ぐように迫《せま》る細い剣をウィリアム様は体を捻《ひね》って交《か》わし、逆にお腹《なか》を狙《ねら》って蹴《け》りを入れます。アクラブさんはそれを腕でガードすると顎《あご》を狙って拳《こぶし》を繰《く》り出しました。それを避《よ》けたウィリアム様が激しい剣戟《けんげき》を繰り出せば、アクラブさんは踊《おど》るように避けて、躱《かわ》して、受け流します。銀色の刃《やいば》がぶつかり合う度《たび》に薄闇《うすやみ》の中で火花が散ります。

「……強いな。流石《さすが》は黒い蠍の首領というだけはある」

公爵様が苦々しげに呟きました。

「ウィリアム様、大丈夫でしょうか」

「大丈夫、君の夫君は化け物のように強いからね……っとと」

公爵様がふらついて私は慌《あわ》ててその腕を支えましたが、膝をついてしまった公爵様を支えきれずに私も一緒に座り込みます。

斬《き》られた腕から血がたくさん溢れていることに気付いて、私は腕に嵌《は》めていた肘まで覆う手袋《てぶくろ》を外して公爵様に加減を聞きながら腕を縛《しば》って止血を試みます。

「いいざまね、公爵」

はっとして顔を上げると目の前にサンドラ様が立っていました。

冷たい微笑みを浮かべて私たちを見下ろしています。ウィリアム様に助けを求めようとしましたが、激しい剣戟に一瞬でも気が逸れればウィリアム様の命が危ないと気付いて口を噤《つぐ》みました。

「あの人、剣に毒を塗《ぬ》るのが好きなのよ。命を奪うようなものじゃないけれど、体が痺《しび》れて動かなくなるようなものをね。甚振《いたぶ》り殺すのが好きなんですって」

まるで可愛い子犬の話でもしているかのような口調で赤い唇がおそましい言葉を紡ぎます。

「サンドラ、もう、やめなさい……っ」

公爵様は腕で私を庇うことをやめず、片方の手で床に突き立てた剣に縋りながら倒れそうになるのを必死に耐《た》えています。

「ここでやめたって、私は断頭台に上がるだけだわ」

「……分かっているなら、やめなさい。リリアーナ夫人は、カトリーヌ夫人とは全く別の人間だということくらい、君だって本当は分かっているのだろう?」

サンドラ様は、一瞬、私に視線を向けた後、天井を見上げました。

「そうね、そんなことはとっくの昔に知っていたわ。でも……赦《ゆる》せないのよ」

目を閉じて、ゆっくりと息を吐き出したサンドラ様は、嫣然と微笑みながら私に顔を向けました。そして徐《おもむろ》にナイフを取り出した時と同じようにフリルの下の隠されたポケットから、透明《とうめい》な液体の入った小瓶《こびん》を取り出しました。

「これ、貴女の鳩尾《みぞおち》にかけられた液体と同じものよ」

痛まないはずの傷が痛んだような気がして、体が強張ります。

「だって、おかしいでしょう?」

「何が、だい?」

「その子ばかり、護られているなんておかしいじゃない。私が泣いて叫んでも、誰も……誰も助けてくれなかったのに」

ほんの一瞬、本当に一瞬だけサンドラ様が、寂しそうに微笑みました。

けれど、それは本当に一瞬でした。すぐに嫣然としたいつもの微笑みが浮かびます。

「ここまで来たらもう戻《もど》れないわ。戻りたくもない」

「サ、サンドラ様」

私は、ゆっくりと立ち上がり、サンドラ様を真正面から見据《みす》えました。

一瞬、ウィリアム様と目が合ったような気がしましたが、私は深呼吸をして、サンドラ様だけを見据えます。

「貴女が感じた苦しみや悲しみに私は同情しません。貴女が私に与《あた》えた苦しみや恐怖を、貴女が理解しないように」

震えそうになる体をどうにかネックレスを握り締めて耐え抜《ぬ》いて、私は言葉を紡ぎます。

「でも、もし……セドリックを想う心が少しでもあるのなら、あの子のためにもうやめて下さいませ」

ヘーゼル色の瞳がほんの僅かに揺《ゆ》らいだような気がしました。

「あの子は、父と貴女の子なのでしょう？」

「………ええ、そうよ。セドリックは私とライモスの子よ。私にも夫にもちっとも似ていないけれど、嫌《きら》になるほど私を嫌っていた先代にそっくりだわ。にこりともせず、泣きもせず、感情があるのかないのかも分からないようなお人形みたいな子」

ずきりと胸が痛みを訴《うった》えました。

私の知るセドリックは、泣いたり笑ったりと感情豊かで、甘えん坊《ぼう》で素直《すなお》な愛おしい子です。お人形という言葉はまるで相応しくない、愛らしい子どもです。

けれど、セドリックはきっと、サンドラ様の前では感情を出さないお人形のような子だったのでしょう。そうすることであの子は、両親から自分を護っていたのかもしれません。

「私は、」

心臓がバクバクして口から飛び出してきそうです。

「私は、貴女が嫌いです」

こんな言葉を初めて他人に向けました。

ナイフを突き付けてしまったかのような不安が私の胸をよぎりました。

「あら、気が合うわね。私も貴女が大っ嫌いよ。でも私に怯《おび》えて泣いていた貴女は好きだったわ」

くすくすと愉しげな笑い声が落ちます。

私は、そんな彼女に向かって深々と頭を下げました。息を呑む音が聞こえました。

「ですが、貴女がセドリックを産んで下さったことだけは、心よりお礼申し上げます」

数拍《すうはく》の間を置いてゆっくりと体を起こし、精一杯、穏やかな笑みを彼女に向けました。

「私は、貴女の何もかもを赦《ゆる》します」

サンドラ様の顔から、微笑みが消えました。彼女の手からナイフが落ちて、すすけた絨毯《じゅうたん》の上に転がりました。公爵様が「サンドラ」と彼女を呼びましたが、ヘーゼル色の瞳は瞬《まばた》き一つせず、私を見つめています。

「…………さない、ゆるさない、赦さないっ！」

彼女の顔が醜く歪んで、瓶のコルクを抜いてそれを頭上に構えました。少し離れたところで、ガッキンッとひときわ甲高い音が確かに聞こえました。

「私から、愛する人を奪ったお前を絶対に赦さないっ！」

そこからはまるで時間の流れが緩《ゆる》やかになったかのようでした。

公爵様が私のドレスを掴んで無理やり座らせ、その体を盾にするように私を抱きすくめました。「奥様！」と叫ぶエルサの声と「旦那様！」と叫ぶフレデリックさんとジェームズさんの声が確かに聞こえたのです。けれど、その瓶の中身が零れるのを止められる人間は誰もいませんでした。

ですが、振り下ろされた瓶の中身は私にも、そして、公爵様にも一滴《いってき》たりともかかることはなく、目の前に立ちはだかったその人が、全てを受け止めました。

コロン、と瓶が絨毯の上に転がって、サンドラ様でさえ驚いたように目を見開き、自らを盾にしたその人を――ウィリアム様を見上げていました。

「……ったく、なんてものを私の妻に向けてくれるんだ……っ」

「ウィリアム様っ！」

公爵様の腕の中から私は叫ぶようにその名を呼びます。肩から胸にかけられたのか、そこを押さえてウィリアム様が顔を顰《しか》め膝をつくのと同時に、エルサを筆頭にフレデリックさん、ジェームズさんが部屋になだれ込んできました。

サンドラ様は驚いたように後退り、そして頰を腫《は》らして口端《くちのは》から血を流すアクラブさんにぶつかり、何故か表情を強張らせました。

「ほらね、言ったろう？　手は出さないほうがいいって。君と違って、彼女は愛されているんだから」

「どう、し、て……ごほっ」

赤い唇が驚愕《きょうがく》に震え、その唇より紅いものが彼女の白い肌を汚《よご》しました。公爵様が「見るんじゃない」と叫んで私の顔を肩口に押し付け、視界が塞《ふさ》がれます。一瞬、本当に一瞬、彼女の胸から銀色のナイフの先が出るのが見えたような気がしました。

「君は確かに美しかった。俺のお気に入りだった。苛烈《かれつ》で残酷《ざんこく》な君は本当に美しい。……だが、この国を出て行くにあたって、君を生かしておくのは不都合なんだ。——さよなら、サンディ」

カラン、とナイフの落ちる音がして、どさりと何かが倒れた音がしました。アルフォンス様の「逃がすな！」という叫びと同時に窓ガラスの割れる音が静寂《せいじゃく》を切《き》り裂《さ》くように響《わた》き渡りました。

なぜ、なぜ、何故。

どうして、あの娘は堕《お》ちてこないの。

真《ま》っ直《す》ぐに背筋を伸ばし、深々とその頭が私に向かって下げられる。

「ですが、貴女がセドリックを産んで下さったことだけは、心よりお礼申し上げます」

鈴《すず》を転がしたような美しい声が、心からの感謝を私に向ける。

命を狙い、その体に醜い傷跡《きずあと》を負わせ、そして、十五年もの間部屋に閉じ込め、鞭打《むちう》った私に、かつての継子《ままこ》は、ゆっくりと顔を上げて微笑みを浮かべる。

「私は、貴女の何もかもを赦します」

思わず見惚《みと》れてしまうような、縋りたくなってしまうような微笑みは無垢《むく》そのもので、穢《けが》れなど一点の曇《くも》りもなく、いっそ恐ろしいほど綺麗だった。

けれど、紡がれた言葉は私の心を乱すには充分《じゅうぶん》だった。

何故、どうして、あの子は私と同じように憎しみに身を焦《こ》がさないのだろう。怨嗟《えんさ》の念を抱《かか》え、私を恨《うら》み抜き、憎悪を持って私と同じような存在になればいいのに。

娘は夜空に浮かぶ手の届かない月のように凛《りん》として、清らかだった。

その姿はまるであの女――カトリーヌを思い出させる。

私から全てを奪い、私を憎しみに染めた、女神のように美しかった女。

どうして、どうして皆、この娘を庇うのだ。女など男にとって欲望のはけ口でしかないのに、どうして、こんなもののために公爵もこの男もその身を挺《てい》してまでも護ろうとするのだ。

私の世界には、そんな存在はいなかった。

よろめくように下がった先で温かいものに触れ、背中に一瞬の冷たさを感じた。瞬間、胸に激痛が走る。

「ほらね、言ったろう？　手は出さないほうがいいって。君と違って、彼女は愛されているんだから」

「どう、し、て……ごほっ」

口から溢れたそれを拭《ぬぐ》うこともできず、胸から突き出る銀の切っ先に私は呆然《ぼうぜん》と男を、アクラブを見上げた。

美しい微笑みを浮かべ、彼はまるで愛おしむように目を細めて、私の頬を撫《な》でた。ぐっと引き寄せられて、唇を塞がれる。

「――さよなら、サンディ」

ナイフが抜け、背中を覆っていた温《ぬく》もりが離れていく。

糸が切れた操《あやつ》り人形のように私の体は床の上に転がる。

騒々《そうぞう》しい足音や怒声《どせい》がくぐもって聞こえ、私の目には公爵に庇われ、夫に手を伸ばすリリアーナだけが鮮明《せんめい》に映る。駆け付けた侍女《じじょ》や執事《しつじ》が主人たちの惨状《さんじょう》に顔を蒼《あお》くしている。

不意に公爵の肩越《かたご》しに、星色の瞳と目が合い、記憶が過去へと遡《さかのぼ》る。

あれは、結婚する前、ライモスとも出会っていない時に出席した夜会でのことだった。

私は、ダンスを楽しみ、歓談《かんだん》を楽しみ、けれど、少し疲れて群がる男たちを適当にあしらって、バルコニーへと出るとその暗がりには先客がいた。

あまりに綺麗な満月の夜だったから月の女神が空から降りてきたのかと、本当にそう思った。

深い深い夜に溶け込んでしまいそうな群青色《ぐんじょういろ》のドレスを身に纏《まと》い、艶《つや》やかなブロンドを真珠《しんじゅ》の髪飾《かみかざ》りでまとめ、胸には大粒《おおつぶ》のオパールが虹色《にじいろ》の輝きを放っていた。

透《す》き通《とお》るように白い肌は会場の熱気のせいか少し赤くなっていて、驚くほど長い睫毛《まつげ》に縁《ふち》どられた潤《うる》んだ銀の眼差しは、女でもくらっとするほど儚《はかな》げな印象を人に与える。

その女性は、リリアーナの母、カトリーヌだった。

体の弱い彼女は、久しぶりの夜会で体調を崩し、バルコニーに逃げ込んでいたのだ。だが、若い紳士が二人、それでも彼女をダンスに誘《さそ》いに来て、なんとなく気まぐれで私は彼女を助けた。

彼女は、さっさと去ろうとする私の手を何の躊躇いもなく取った。

お礼がしたいという彼女に私は、必要はないと言って去ろうとしたのに、彼女はこう言ったのだ。

「わたくしとお友達になって下さらない？　わたくし、あまり外に出られないから、お友達と呼べる方がいないの。貴女みたいな美人で格好いい方とお友達になれたら素敵《すてき》だわ」

ふわりと花咲くような可憐な微笑みがその顔に広がる。

可愛らしくて、美しくて、儚げで、純粋で思わず護りたくなってしまうようなお姫《ひめ》様のようなご令嬢。

まるで私と対極の存在だわ、と思ったのを覚えている。

その言葉通り、社交界というものにあまり関わらない彼女は知らなかったのだろう。私が「庶民令嬢」と蔑《さげす》まれている存在であることも、大嫌いな男を嫌悪《けんお》しながらも利用するあさましい女だということも、彼女は知らなかったのだ。

ただ本当に純粋に彼女はあの時、私を、自分を助けてくれた親切な人だと信じていた。

丁度、心配して探していた彼女の兄がやって来て、私はさっさと彼女から離れた。

あれが私とカトリーヌが直接会話した、ただ一度きりの邂逅《かいこう》だった。

「……まぶ、しいわね」

私を覗き込む星色の瞳は、相変わらずどこまでも澄《す》んで美しかった。

その横に寄り添う青い瞳も同じだけ澄んでいて、本当に苦々しくて嫌になる。

「……サンドラ様。セドリックのことは、心配なさらないで下さいまし」

セドリック——私が心から望んだ、愛する人との子。

けれど、私はどうしても夫の裏切りが許せなかった。その歪みが私の心を日に日に壊していった。そして、彼に一つも似ていない息子《むすこ》を愛することがどうしてもできなかった。

愛していたのだ。本当に、ライモスのことを、私を心から愛してくれたたった一人の人を愛していた。

本当は、今だって心の底では彼だけを愛している。だから、赦せないのだ。

「……セドリックを、たのんだわ」

愛せなかった、愛しい子。

きっと、この愛情深い姉夫婦《ふうふ》のもとで健《すこ》やかに育つだろう。

ライモスには似ていなかったけれど、ただ一つ、彼とそっくりなところがあった。

「……あのこ、ピーマンがきらいなの」

誰も信じないだろうけれど、彼と交際していた間は他の男には指一本触れることだって許さなかった。

でも彼は私を裏切り、他の女を、カトリーヌを抱いた。その結果は間違いなく私の目の前にいる。

頭では分かっている。カトリーヌとて好きで他に愛する女のいる男のもとへ嫁《とつ》いだわけではないことを、好きでもない男に抱かれる恐怖だって私は他の誰より知っている。

でも、それを赦してしまったら、裏切られ続けた私の心の痛みは誰も知らないまま、消えてしまうではないか。

もし、そのことを赦せていたら私はこの子を愛せていただろうか。

気まぐれで助けた女に「お友達になって下さい」と微笑んだ美しい人の、心優しいこの娘をマーガレットと同じように愛してやれただろうか。

「……だいきらいよ」

口から溢れた血がそれを言葉にしてくれたかは分からない。

私は最期《さいご》の力を振り絞って、その白い頬に手を伸ばして触れ、指でつまんだ。

「だいきらいよ、おまえなんか」

私が何もかもを赦せる寛大《かんだい》な人間だったなら、私はこの子をマーガレットと同じように愛して、セドリックも同じように愛して、愛する夫と五人で幸福な家庭を築くこともできたでしょうね。

けれど、私にはそれができない。

私の痛みも憎しみも、ただの嫉妬や執着《しゅうちゃく》で逆恨《さかうら》みと言われようとも、自業自得《じごうじとく》と馬鹿にされようとも後悔はしないと決めたのだ。

馬鹿にするのなら、したいだけすればいい。愚《おろ》かと嗤《わら》うのなら好きなだけ嗤えばいい。

だけど私は誰に馬鹿にされようと、嗤われようと後悔など一つもない。

私は、レディ・サンドラ。気高く、悪に咲く美しい薔薇のような女。

私は、私の信念を持って生きたのだ。


見開かれたまま光を失った双眸《そうぼう》に手を伸ばし、私はそっと瞼《まぶた》を下ろす。

死んで尚《なお》、サンドラは嫣然と微笑んでいた。

「リリアーナ」

彼女の頬をぽろぽろと涙《なみだ》が伝う。

「わ、からないのです……悲しいのか、苦しいのか、安心したのか、分からないのにっ、どうしてか……涙が出るのですっ」

震えるように静かに涙を零すリリアーナの細い肩を、私は強く抱き寄せた。

第六章 託された想い

ウィリアム様の寝室《しんしつ》へ繋《つな》がるドアが開いて、モーガン先生がフレデリックさんと共に出て来ました。

私はソファから立ち上がり、先生に駆《か》け寄ります。

「先生、ウィリアム様は……っ」

「大丈夫《だいじょうぶ》ですよ。最初に言った通り、命に別状はありませんから、ご安心下さい、奥様《おくさま》」

その言葉に私は、ほっと胸を撫《な》で下《お》ろします。

「起きていますから、お会いできますよ。私はもう一度、公爵《こうしゃく》様のほうを診《み》てきますので何かあったら呼んで下さい。ベッドから出ないように見張っておいて下さいね」

「はい、ありがとうございました」

私が頭を下げると先生は「医者の務めですよ」と笑って、フレデリックさんと共にお部屋を出て行きました。その背を見送って、私はウィリアム様の寝室へと急ぎます。

サンドラ様を看取《みと》った後、ウィリアム様と公爵様は、一番近くて落ち着ける場所ということで侯爵家《こうしゃくけ》にすぐさま運ばれ、モーガン先生によって処置が施《ほどこ》されました。ウィリアム様は、あの液体をかけられた部分の火傷《やけど》だけで他は、ちょっとした傷だけだから公爵様を優先するように、とおっしゃいました。公爵様は屋敷《やしき》に着いた時には、ほとんど意識がなく、毒のせいで体が痙攣《けいれん》を起こしていたのです。

ですが、モーガン先生の素早《すばや》い処置のお蔭《かげ》で、公爵様は一命を取り留め、今は、客間で眠《ねむ》っていらっしゃいます。一週間はベッドから出てはいけない絶対安静という診断《しんだん》が出たので、少なくとも一週間ほど公爵様は当家のお客様です。

屋敷ではセドリックが泣くのを我慢《がまん》して待っていてくれたのですが、私とウィリアム様の顔を見た途端《とたん》、大粒《おおつぶ》の涙《なみだ》を零《こぼ》して泣き出してしまい、ほんのついさっきまで私に抱《だ》き着いてしくしくと泣いていました。ですが流石《さすが》に泣き疲《つか》れてしまったのか、眠ってしまい、私の部屋のベッドにフレデリックさんが運んでくれました。

私も帰ってすぐにあのウェディングドレスを脱《ぬ》いで、湯あみを済ませて着替《きが》えました。今はすっかり夜の帳《とばり》が落ちて、窓の外には月が浮《う》かんでいます。蝋燭《ろうそく》の灯《あか》りと窓から差し込む月光だけが、部屋の中を淡《あわ》く照らしているのです。

クッションを背に入れてもたれかかっていたウィリアム様が、私に気付いて振《ふ》り返《かえ》ると小さく笑って下さいました。上半身は何も着ておらず、そこかしこに包帯やガーゼの当てられた姿に私の胸が張《は》り裂《さ》けそうに痛みます。

私はいてもたってもいられなくて、ベッドに駆け寄りました。抱き着きたいのですが、傷に響《ひび》いてはいけませんのでぐっとこらえます。

「ウィリアム様……っ」

「大丈夫だよ、リリアーナ。おいで」

「い、いけません。傷に障《さわ》ります」

腕《うで》を広げたウィリアム様に首を横に振ったのに、むっとした顔をしたウィリアム様に腕を引かれてあっという間に抱きすくめられてしまいました。エルサに助けを求めようとしたのですが、どこにも姿が見えません。

「ウィリアム様、傷が……っ」

「ああ、リリアーナだ」

私の訴《うった》えを遮《さえぎ》るようにウィリアム様が私の髪《かみ》に鼻先を埋《うず》めて、息を吐《は》き出しました。その声に、言葉に込められた安堵《あんど》に、彼もまた私の身を案じてくれていたのだと気付きました。

力強い腕の温《ぬく》もりに私は負けてしまい、消毒液の匂《にお》いがする彼の胸に顔を埋めました。

「ウィリアム様っ、ウィリアムさまっ」

絶えず聞こえる心臓の音に安堵が溢《あふ》れ出して、涙と一緒《いっしょ》に零れていきます。おそるおそるその広い背に腕を回すと、ウィリアム様の腕にますます力が籠《こ》もりました。

「……セディは？」

「泣き疲れて私の部屋で眠っています」

そうか、と呟《つぶや》いてウィリアム様はクッションの山に身を沈《しず》めました。体重をかけないように離《はな》れようとするとぐっと強い力で抱き寄せられます。

「……痛みますか？」

ウィリアム様の右肩《みぎかた》には分厚くガーゼが当てられて白い包帯が巻かれています。

「ただの火傷だ……痕《あと》は残るだろうが私の体はそれでなくとも傷だらけで、今更《いまさら》これが増えたところでなんともない。むしろ、君を護《まも》れて誇《ほこ》りにすら思うよ」

言葉通り誇らしげに笑うウィリアム様に私は、何を言うこともできなくなってその胸に頬を寄せました。

するとと大きな手がいつもと同じように私の髪を撫でてくれます。

「……どうして私の居場所が分かったのですか？」

「公爵の執事《しつじ》のジェームズだ。公爵は、アルフォンスから君の居場所を聞いて、刺繍の進捗《しん》《ちょく》を尋《たず》ねに行ったところ、運悪く黒い蠍《さそり》の奴《やつ》らに捕《つか》まってしまったそうだ。それでジェームズは従うふりをして、後をつけ居場所を特定し、報《しら》せてくれた。公爵は自分の立場を利用してサンドラから君を護ってくれたんだ。後で改めてお礼を言わないとな」

「……はい」

「まさかオールウィン家だとは思わなかったが、騎士団《きしだん》から近くて良かったよ。実はマリオも今日は町の家の警護にあたっていたから、先にオールウィン家に行き、人質《ひとじち》になっていた使用人たちを保護して、私たちが到着しだい制圧できるように整えてくれていた。使用人たちも特に怪我《けが》はないよ」

「そう、ですか。良かったです……」

　多くの人々が私を助けてくれるために動いてくれたことを知り、ありがたいと同時に胸が痛みます。

「申し訳ありません……私のせいで皆様《みなさま》にご迷惑《めいわく》を……。それにウィリアム様や公爵様にお怪我を……っ、わたし、どうしたら……っ」

「謝らないでくれ。言っただろう。君を護れて誇りに思うと。公爵だって同じように言うはずだ。それに悪いのは、サンドラだ。君じゃない」

「でも、やっぱり私は、あなたの妻に相応《ふさわ》しくありませ」

「私の妻は君しかいない」

　私の言葉を遮って、ウィリアム様が言いました。

　顔を上げれば、青い瞳《ひとみ》は真《ま》っ直《す》ぐに私を見つめています。

「リリアーナ。私が一人の女性として愛しているのは君だけだ。それ以上にどんな理由が必要だと言うんだ。君は優《やさ》しいから、色々と考えすぎてしまうだけだよ」

　困った子だなとウィリアム様は、ふわりと笑い、大きな両手で私の頬《ほお》を包み込みます。

「私は優しくなんて……護られてばかりで、何もできないのに」

「それでいいじゃないか。私は騎士だよ、護るのが仕事だ。護られながら少しずつ強くなればいい。いや、弱いままだっていい。強さだって色々な種類がある。前にも言っただろう？　セドリックを護っていた君は強く美しいと。それに君は、与《あた》えられるばかりで、私に何も返せないと言ったが、それは違《ちが》う」

瞼《まぶた》の上にキスが落とされます。

「君は、騎士である私にとって、最も重要なものを与えてくれている」

全く何か分からずに首を傾《かし》げます。

ウィリアム様は、くすくすと笑って、今度は私の鼻先にキスをします。

「帰る場所だ」

「でも、ここはもともとウィリアム様のお家ですが……」

「ははっ、そうじゃないよ。私の仕事は危ない仕事だ。命が危険に晒《さら》されることだって当たり前のようにある。そんな時、私を強くしてくれるのは、君だ。君が私を待っているから、私は何が何でも生きて帰ろうと思う。何があっても君を悲しませたくないから、絶対に帰ろうと、そう思える。事件がない普通《ふつう》の日だって、君のもとに早く帰ろうと思ってばかりいるけどね。でもそれは他の誰《だれ》にも与えることはできない。両親やフレデリックやアルフォンス、セドリックでさえできない。君でなければ、だめなんだ」

こつん、とウィリアム様が額をくっつけてきます。

「夫婦《ふうふ》というものの正しい答えなんて、きっとどこにもないんだよ。でも、君が私を必要としてくれて、私も君を必要としている。それでいいんだよ、リリアーナ」

ぽろぽろと零れる涙をウィリアム様は、唇《くちびる》で拭《ぬぐ》ってくれます。

やっぱり私の旦那《だんな》様は、すごい人です。いつだって、どんな時だって、私を救い上げて、不安さえもやっつけて護ってくれる素敵《すてき》な旦那様なのです。

「本当に……いいのですか？　ウィリアム様の妻でいて」

「私たちを別つのは、数十年後の女神《めがみ》様のお迎《むか》えだけだ。それに言っただろう？　万が一、君が出て行くと言ったら、泣いて縋《すが》って土下座してでも止める、と」

「ふふっ、はい……っ」

涙と一緒に笑《え》みが零れます。ウィリアム様は「君は笑顔《えがお》のほうがいい」と言って、今度は私の頰にキスをします。

青い瞳がじっと私を見つめていて、今度はきっと唇に、と目を閉じた時でした。

「うぇぇぇええん、姉様ぁぁあ、義兄様《にいさま》ぁぁあ！」

「大丈夫ですよ、セドリック様！　あ、あの！　お取り込み中かとは存じますが、その、セドリック様が起きてしまわれまして！」

ドアの向こうからセドリックの泣き声とアリアナさんの焦《あせ》った声が聞こえました。

ウィリアム様と私は、顔を見合わせてドアを振り返ります。ウィリアム様が「大丈夫だ」と返すとドアが開いてわんわんと泣くセドリックがアリアナさんの手を放して、私たちのところに飛び込んできました。二人揃《そろ》ってセドリックを抱き締《し》めます。

「姉様ぁ、義兄様ぁ」

セドリックが小さな手で私とウィリアム様にしがみつきます。

「申し訳ありません。目が覚めた時に一人だったのが怖《こわ》かったらしくて」

アリアナさんの言葉に、愛《いと》しい弟を抱き締めて、淡い金の髪にキスをして頬を寄せます。

「セディ、ごめんなさい。ウィリアム様の治療《ちりょう》が終わったからお話をしていたの。もう済んだから、戻《もど》って一緒に寝《ね》ましょうね」

「え？　なんで帰ってしまうんだ⁉　嫌《いや》だ！　一緒がいい！」

ウィリアム様が腕に力を込めて、離れようとした私とセドリックを抱き締めます。

「で、ですが、傷に障りますし……」

「大丈夫だ。掠《かす》り傷みたいなものだ！　それより私は、君とセディと一緒がいい！」

「ぼ、僕も、いっしょが、いいっ」

ぼろぼろと泣きながらセドリックまでそんなことを言い出します。

「大丈夫ですよ、奥様。旦那様は体力だけが取《と》り柄《え》みたいなものですから」

アリアナさんの後ろから現れたエルサがにっこりと笑って言いました。

「な、リリアーナ。エルサもああ言っているし、一緒に寝よう。な？　な？」

なんだか子どもみたいにウィリアム様が必死に言《い》い募《つの》りますので、私は思わず笑いを零しながら「はい」と頷《うなず》くほかありませんでした。

そして、いつものように真ん中にいるセドリックと一緒に、ウィリアム様に抱き締められるようにして横になります。アリアナさんが窓とカーテンを閉めて、エルサが蝋燭の火を消すと部屋は真っ暗です。

エルサとアリアナさんの足音が遠ざかり、やがてドアが開閉する音が聞こえました。

セドリックはウィリアム様にしがみついたまま、ほんの少しだけ言葉を交《か》わすとあっという間にまた眠りの世界に旅立ってしまいました。私はその背を抱き締めながら小さな頭を優しく撫でます。

「……母親のことは、時機を見て私からセディに話そう」

セドリックの涙を拭いながら、ウィリアム様がぽつりと零しました。

私は、はい、とだけ頷いてセドリックを抱き締める腕に力を込めました。そうするとウィリアム様も腕の力を少しだけ強めて私たちを抱き締めてくれました。

彼の腕の中で、私は幸福と安堵を同時に感じながら、セドリックを追うように眠りの世界へと飛び立ったのでした。

「だから、必要ありません……っ！」

「いや、私が警戒《けいかい》を怠《おこた》ったせいだし、大事なことを忘れていたせいでもある。これまでのことも含《ふく》めて一度土下座を……」

「そんなの必要ないのです！」

朝から私はウィリアム様と喧嘩《けんか》の真っ最中です。

あの事件から一週間が経《た》ち、ウィリアム様はあっという間に元気になられました。とはいえまだ火傷の包帯は取れないので、自宅療養《りょうよう》をしながら、書類仕事をしています。

ですが今朝、ウィリアム様がいきなり私に「土下座したい」と言い出したのです。

ソファから下りようとするウィリアム様をどうにか押しとどめている最中です。

ウィリアム様はサンドラ様が黒い蠍と繋がっていたことを忘れていたそうで、攫《さら》われたのは自分の不注意だからと、それに記憶喪失《きおくそうしつ》のこと、更にそうなる前のことまで引っ張り出してきて、土下座をするというのです。

「これは私のけじめだ」

「で、でしたら私にだって考えがあります！　セディ！　来て下さい！」

向かいのソファで本を読んでいたセドリックを呼びます。首を傾げたセドリックをウィリアム様の左膝《ひだりひざ》に載《の》せて、右膝には私が載ります。

「これで立ち上がれません！」

私は勝ちました。どうですか、とウィリアム様を見上げると両手で顔を覆《おお》って天を仰《あお》いでいました。いつもの発作《ほっさ》が起きたようです。

「あれ？　喧嘩は？」

「ですから、ご覧の通り、痴話喧嘩《ちわげんか》をされています」

アルフォンス様の声が聞こえて顔を上げると、入り口にアルフォンス様とカドック様、マリオ様、そして、案内してきてくれたのでしょうフレデリックさんがいました。

「え？　イチャイチャしてるだけじゃん……」

「奥様が一生懸命《いっしょうけんめい》考えられた『旦那様に土下座させない策』でございます。ああ、今日も私の奥様がお可愛《かわい》らしい！」

壁際《かべぎわ》に控《ひか》えていたエルサが拳《こぶし》を握《にぎ》り締《し》めています。

「アルフ様！　ウィリアム様を止めて下さいませ、土下座すると言って聞かないのですっ」

「リリィちゃんが一回、ちゃんと怒《おこ》ればいいんだよ」

アルフォンス様がくすくすと笑いながら言いました。

「私、怒っておりません……」

「ウィルは、これでも騎士だからね。護れなかったことが悔《くや》しいんだよ。だから、リリィちゃんが一回ちゃんと怒ってくれれば、その悔しい気持ちも落ち着くと思うんだ」

アルフォンス様は子どもに言い聞かせるように優しく教えて下さいます。

確かにウィリアム様は、騎士としての誇りを大切にされている方です。でしたらやはり一度、怒らないと土下座されてしまうのかもしれません。

私は発作の治まったウィリアム様の膝から立ち上がり、彼に向き直ります。

「い、いいですか、ウィリアム様、今から私、怒りますよ」

「ああ。君の気の済むように」

神妙《しんみょう》な顔で頷いたウィリアム様に私は腰《こし》に左手を当て、右手の人差し指を立てました。

「…………めっ！」

私は怒ったはずですのに、何故かセドリックごと抱き締められてしまったのでした。

「申し訳ありません。お見苦しいところをお見せしてしまいました」

冷静になってみると、とても恥《は》ずかしい現場を見られてしまったような気がします。

「いやいや、元気そうで良かったよ。今日は皆のお見舞《みま》いに来たんだ。はい、どうぞ」

「まあ、ありがとうございます」

「今日はシュークリームにしてみたよ。後でお茶でもしながら皆で食べようね」

「ありがとうございます、アルフ様」

「ありがとうございます、アルフお兄様！」

「どういたしまして。それで、ウィルにはこっち。カドック、マリオ」

アルフォンス様が声を掛《か》けるとカドック様とマリオ様がウィリアム様の膝の上にどさりと紙の束を二つ置きました。どちらも可愛らしいピンクのリボンがかけられています。

「報告書の束だよ。明日までに目を通してね！」

「……お前、私のこと嫌《きら》いだろう」

「大好き大好き。さ、お次は公爵のお見舞いだ。リリィちゃん、セディ、案内をお願いできるかな？　その間、マリオはウィルに、僕らが帰るまでに目を通してほしい書類の説明ね」

マリオ様が「了解《りょうかい》」と返事をして、ピンクのリボンをほどきます。

「アルフ様、私でよろしいのですか？」

「うん。リリィちゃんがいいんだ」

「で、では、ご案内いたします。ウィリアム様、具合が悪くなったらすぐにフレデリックさんに言って下さいね」

「ああ。分かった。アル、余計な話はするなよ」

ウィリアム様が念を押すように言いました。私はアルフォンス様の話して下さるウィリアム様との思い出話が好きなのですが、ウィリアム様は、どうも気恥《きは》ずかしいようです。

アルフォンス様が「分かった分かった」と軽い返事をして立ち上がり、セドリックが「こっちだよ」とアルフォンス様の手を取り歩き出します。私もその背を追って、エルサと共に廊下《ろうか》へと出ました。

エルサが先頭を歩き、セドリックを真ん中に手を繋いで三人で並んで歩きます。

「公爵の具合はどう？」

「それが……あまりよろしくなくて。一日のほとんどを眠っていらっしゃいます。今日も起きていらっしゃるかどうか……」

私は、つい俯《うつむ》いてしまいます。セドリックが、握っている私の手に頬を寄せます。

私を庇《かば》って毒を受けた公爵様は、一週間が経っても回復が見られず、小康状態が続いているのです。そのため、今もまだ我が家で療養を続けています。

「毒との相性《あいしょう》が良くなかったとモーガン先生は言っていましたが……ジェームズさんは、この世に引き留めるものがないからかもしれない、と」

奥様を深く愛していらっしゃった公爵様は、死の淵《ふち》に立っている今、天国にいる奥様のもとへ行こうとしているのかもしれません。

「……エルサです。王太子殿下《でんか》が面会を求めておいでです」

客間のドアの前でエルサがおとないを立ててくれました。ややあってジェームズさんの声が「どうぞ」と聞こえてきて、中へと入ります。

カーテンが閉め切られた部屋は、薄暗《うすぐら》く、なんだか重い空気が立ち込めています。

「……公爵は？」

こちらにやって来たジェームズさんにアルフォンス様が小声で問いかけます。

「今日は、起きております。どうぞ、ベッドのほうに。私共は外に出ております」

そう言ってジェームズさんは控えていたメイドさんたちと一緒に部屋を出て行き、エルサはドアの横に控えました。ジェームズさんもとてもお疲れのご様子で胸が痛みます。

アルフォンス様は、セドリックの頭を撫でてから手を放し、ベッドへと近づいていきます。私たちは少し離れた場所で見守ります。

「たった一週間で随分《ずいぶん》と老《ふ》け込んだな」

「…………ええ」

干《ひ》からびたような声に切なくなります。

大きなベッドに沈むように横たわる公爵様は、紳士然《しんしぜん》としていた風貌《ふうぼう》は見る影《かげ》もなく、やつれてしまっていて、今にもこの世から去ってしまいそうです。

アルフォンス様が水飲みを見つけて「飲むか」と尋ねると公爵様が頷きました。アルフォンス様は公爵様を支えて、水を飲ませます。

少しだけ水を飲み、再び公爵様はベッドに横になりました。

「……殿下も、大きくなられましたな」

公爵様がしみじみと言いました。

「つい昨日まで、私に抱っこを、ねだっていたような気がするのに……いつの間にか私を支え起こすことが、できるようになったのですなぁ」

「何を馬鹿なことを言っている。お前に抱っこをねだっていたのなど、五つか六つまでの話だろう。二十年も前のことだ。私は今年で二十六、年が明ければすぐに二十七だ」

「……そう、ですか」

ふっと笑って、公爵様はゆっくりと息を吐き出しました。

部屋の中がまたしんと静かになって、空気が少しだけ重くなったような気がしました。ですが、アルフォンス様はその静けさを振り払《はら》うように口を開きます。

「貴公が勝手に蓄《たくわ》えた小麦だが、私が個人的に押収《おうしゅう》した」

公爵様はハシバミ色の瞳をぱちぱちと瞬《しばたた》かせました。

「明日、貴公が望んだ通りに小麦はデストリカオ国に送られ、その見返りに私はデストリカオ国が隠《かく》し、フォルティス皇国に流そうとした武器と火薬を貰《もら》い受ける。――そして、デストリカオ北部のカウスクザフ山脈で計画されていた砂鉄の採掘《さいくつ》事業は中止させた」

何故、と公爵様の唇が動きました。

「あまり私を見くびるなよ」

アルフォンス様の声は、どこまでも優しいものでした。まるで父親が子に話しかけるような慈《いつく》しみに満ちています。

「……貴公の奥方《おくがた》イスターシャ夫人のもう一つの故郷が、デストリカオ国のカウスクザフ山脈の麓《ふもと》の自然豊かな村であることくらいは知っている。イスターシャ夫人が育ち、生涯《しょうがい》愛し続けたその場所を貴公は守りたかっただけであろう？　たとえ謀反《むほん》の疑いをかけられようとも。……私が反対するとでも思ったか？」

「武器や火薬の、取引が、公《おおやけ》に、なれば……また戦争がっ」

「フォルティス皇国は、我が国が与えた小麦の半分も用意できなかった。あの国は、それでいてデストリカオ国を乗っ取ろうとしていたのだ。その情報を向こうのトップに報せた。デストリカオ国は、武器と火薬で身を護ってきた小さな国だ。フォルティス皇国が相手では従わざるを得ない。そのフォルティス皇国は我が国を破滅《はめつ》させたいと躍起《やっき》になっているが、他の属国は正直なところ、フォルティス皇国の配下にいるより我が国の配下でいるほうが平穏《へいおん》であることを知っている。もちろんデストリカオ国も。最終的にクレアシオン王国と手を組んだほうが良いという判断を下したのだろう」

私はゆっくりと立ち上がり、公爵を見つめる。

「私はあの満月の夜に言ったであろう？　この国は私のものだ。この国の民《たみ》も全て私のものだ。それらを一つでも損《そこ》なおうとするのなら、私はいつまでもお前のよく知る青臭《あおくさ》い若造の可愛い殿下ではいられないのだ、と……。私よりいくら年上であろうとも、お前もまた私にとっては愛すべき我が子であることに変わりないのだ。私は寛大《かんだい》で、寛容《かんよう》なる優しい王となる男だからな。だから、」

毛布の上に出ていた公爵の手をアルフォンス様が力強く握り締めます。

「勝手に死ぬことは許さん。デストリカオ国との外交は全てお前に一任するつもりだ。だからさっさと治せ」

「……殿、下」

「お前がこのまま弱って死ねば、リリアーナ夫人が誰より悲しむ。心優しい夫人が一生、己《おのれ》を責め続けることになるのだぞ。それを最も許さないのは、正義感が強く誰に対しても優しかったイスターシャ夫人だ」

アルフォンス様はそう言って公爵様の手を取り、彼の指にくすんだ銀の指輪を嵌《は》めました。公爵様は呆然《ぼうぜん》とアルフォンス様を見上げています。

「イスターシャ夫人に褒《ほ》められるような死に方を選べ。それが今ではないことは分かっているであろう？」

公爵様は隠すようにもう片方の手で顔を覆って頷きました。

「よく休んで、さっさと治せ。分かったな」

公爵様はまた一つ、静かに頷きました。

「では、おやすみ」

そう声を掛けて、アルフォンス様が立ち上がります。

私とセドリックも「おやすみなさいませ」と声を掛けて、アルフォンス様と共に部屋を出ます。エルサも後に続きます。

アルフォンス様はジェームズさんにねぎらいの言葉をかけて、またセドリックと手を繋ぐとウィリアム様の部屋へと歩き出しました。エルサはお茶の仕度《したく》をするために一度、下へと降りて行きます。

「ありがとうございます。アルフォンス様」

アルフォンス様が首を傾げます。

「お話の内容はよく分かりませんでしたが、公爵様の望んでいたことを叶《かな》えて下さったのでしょう？」

「まあ、公爵は性格はともかく、外交官としてとても優秀《ゆうしゅう》だからね」

茶化すように笑ってアルフォンス様が肩を竦《すく》めました。

「いえ、きっと、今日から公爵様は良くなります。ね、セディ」

「僕もそう思います！　ありがとうございます、アルフお兄様」

「じゃあ、どういたしまして、って言っておこうかな」

そう言ってアルフォンス様は、優しい笑みを零されたのでした。


「今日は、昨日より顔色がよろしいですね」

私はベッドの傍《そば》に置かれた椅子《いす》に腰かけながら声を掛けました。

セドリックはベッドの端に腰かけます。

「そうだね、モーガンの薬はよく効くようだ。日に日に良くなっているのを実感するよ」

大きなクッションに身を預ける公爵様――ガウェイン様が穏《おだ》やかに微笑《ほほえ》んで言いました。

名前で呼んでほしいと言われて、最近はガウェイン様と呼んでおります。

アルフォンス様がお見舞いに来て下さった日から早二週間が経ちました。ずっと眠ってばかりで回復の兆《きざ》しが見られなかったガウェイン様も漸《ようや》く、少しずつではありますがその表情や声から回復を感じられるようになってきました。とはいえまだベッドからは起き上がれませんので侯爵家の客間で静養しています。ジェームズさんが常にお傍にいて、メイドさんが二人一組で毎日交代で当家に来て、公爵様の身の回りのお世話をしています。

ウィリアム様は、早々に回復されて今はもうお仕事へと出かけています。なかなかお忙《いそが》しいようで夜遅《よるおそ》くまで働いています。ですが必ず毎日帰って来て私とセドリックを抱き締めて眠って下さいますし、朝食だけは一緒にとれるようになりました。

「今日は、チキンスープを料理長さんが作ってくれたのです」

「僕が味見したんですよ」

「そうかい、美味《おい》しかったかな？」

　にっこりと笑って「はい！」と頷いたセドリックにガウェイン様は、そうかいそうかいと優しく笑って小さな頭を撫でました。

「ガウェイン様、ご自分で召《め》し上がれますか？　お手伝いが必要であれば遠慮《えんりょ》なく言って下さいませ」

「では、手伝いを頼《たの》もうか。利《き》き手《て》が使えないとどうにも食事は不便でね。すまないね」

「謝らないで下さいまし。私を庇って怪我をしてしまったのですから」

　ガウェイン様は切り付けられた右腕の傷が存外深く、毒の後遺症《こういしょう》もあって今はまだ上《う》手《ま》く動かせないのです。モーガン先生は、根気強くリハビリをすれば治りますよと言って下さっていますが、心配でなりません。私はせめてものお詫《わ》びにお食事のお手伝いをさせていただいております。

　ジェームズさんがガウェイン様の太ももを跨《また》ぐように小さなテーブルを用意して下さり、その上に今日のお昼ご飯であるチキンスープが置かれます。骨付きチキンをたくさんの野菜と一緒にじっくり煮《に》込んだスープで、具合が悪い時や食欲のない時にも最適です。私はベッドに上がりガウェイン様のお隣《となり》に座って、スープをマグカップに移して、スプーンで掬《すく》い、ふーふーと息を吹《ふ》きかけて冷ましてからガウェイン様の口に運びます。

零さないように気を付けながらガウェイン様の口の中にスープを入れます。彼はしっかりと味わって、ゆっくりと喉《のど》の奥に流し込みました。

「ああ、優しい味で美味しいね。セディの言った通りだ」

「料理長も喜びます」

「おじ様、僕もあーんしてあげます！」

「では、お願いしようかな」

セドリックは、はい、と嬉《うれ》しそうに頷いて私から受け取ったスプーンでスープとほろほろに煮込まれたチキンを掬い、ふーふーしてからガウェイン様の口元へと運びます。

「セディに食べさせてもらうと、特別に美味しいねえ」

その言葉にセドリックは嬉しそうに笑って、ガウェイン様のペースに合わせながらゆっくりとお手伝いをしてくれました。

ガウェイン様は、今日はスープを完食して下さいました。嬉しくてにこにこしてしまいます。ジェームズさんも公爵家のメイドさんたちも嬉しそうです。

もう少し付き合っておくれ、と言われてガウェイン様とお話ししていると、コンコンとノックの音が聞こえて、騎士服姿のウィリアム様がひょっこり顔を出しました。

「義兄様！」

セドリックがそれはそれは嬉しそうに迷うことなく跳《と》びつきました。ウィリアム様は、いつものようにひょいと抱き上げてセディの頬にキスを落とします。

「義兄様、お仕事は終わったのですか？」

「残念ながらまだだが、昼休みを長く貰ったので顔を見に帰って来たんだよ。そうしたらガウェイン殿《どの》のところだと聞いてね」

「ウィリアム様、今日はガウェイン様、お昼のお食事を完食して下さったのですよ」

私はベッドから下りて、ウィリアム様を迎えます。

「そうか、それは良かった。ガウェイン殿、今日は顔色がいいですね」

「君の奥方と可愛いセディのお蔭でね」

ガウェイン様が小さく会釈《えしゃく》を返します。

ウィリアム様がベッドの傍に置かれていた椅子に剣《けん》を置いて腰かけると、セドリックがすぐにその膝の上に我《わ》が物顔《ものがお》で着席しました。可愛らしいです。

「そういえば、ガウェイン様のお加減がよろしければ、昨日、やっとストールが完成しましたのでお渡《わた》ししたいのですが」

「本当かい？　是非《ぜひ》、お願いできるかな」

ガウェイン様がそう言って下さったので、私はウィリアム様にセドリックをお任せして一度、客間を後にしました。

ガウェイン様から預かった奥様のストールのシミを刺繍《ししゅう》で隠すというお役目は、実はあの小さなお家にいる間に一度は終わっていました。けれど奥様のお話を聞かせていただいて、少し修正をしたりしていたら遅くなってしまったのです。

部屋に戻って、掃除《そうじ》をしてくれていたエルサとアリアナさんに事情を話すと「私たちがお持ちしますよ」と言ってくれたので、二人と一緒に、綺麗《きれい》な箱に収められたストールと一冊の小説をかかえて客間へと戻ります。

中へ入るとガウェイン様の膝の上にあったテーブルは片付けられていて、食器も既《すで》に下げられていました。

「ガウェイン様、遅くなってしまってすみません。……エルサ」

「はい。こちらがお預かりしたストールでございます」

エルサが前に出て、ガウェイン様の膝の上にストールの入った箱を置きました。ガウェイン様が蓋《ふた》を開けようとするのですが上手くいかず、セドリックが手伝いを申し出て一緒に箱の蓋を開けました。

「……これ、は」

セドリックがガウェイン様の膝の上にストールを広げました。

淡い水色のストールに施した刺繍は花と猫《ねこ》です。四つの角にそれぞれ四季のお花を刺繍

して、紅茶のシミがついてしまっていた場所には、金と黄色系と白系の糸を何色も使って、癖《くせ》のある淡い金色の毛並みと紫《むらさき》の瞳を持つ猫を刺《さ》しました。青い小さな花の絨毯《じゅうたん》の上に座る猫はガウェイン様を振り返り、その小さな口に赤とピンクの花を咥《くわ》えています。

「この猫の下の花は、ターシャが残した花だね」

ガウェイン様の節くれだった指が青い小さな花を撫でました。

「はい。このお花です」

私は箱の底に入っていたジェームズさんから貰った絵の写しを取り出して頷きました。

「このお花は、勿忘草《わすれなぐさ》といいます。春から初夏にかけて小さな花をたくさん咲《さ》かせる可愛いお花です。花言葉は……」

「『私を忘れないで』だろう?」

少しだけ掠《かす》れた声が私の言葉を遮りました。

淡い緑の混じるハシバミ色の瞳が申し訳なさそうに私を見上げます。

「これを渡した時は知らないと言ったが、本当は知っていた。……有名な花だし、ターシャが私に託した最期《さいご》の言葉だ。調べないわけがない。でも、私はこの言葉が……怖くてね」

指先が躊躇《ためら》うように勿忘草に触《ふ》れました。

「忘れないように忘れないように、と念じるのに……記憶というものは恐《おそ》ろしいほど、ゆっくりと静かに消えていってしまう。彼女の声も温もりもその笑顔も髪の輝《かがや》きも瞳の美しさでさえ、何一つ忘れたくないのに……っ」

ガウェイン様は左手でご自身の胸を押さえて、苦しそうに吐き出しました。

「どれほどの痛みに縋っても、彼女の声が聞こえなくなる恐怖《きょうふ》がずっと私を蝕《むしば》んでいる」

何かの本で読んだことがありました。

人は一番初めに「声」を忘れるのだと。「声」を忘れて次に「顔」を忘れて、最後に「想い出」を忘れてしまうのです。

肖像画《しょうぞうが》というものがありますから顔は覚えておくことだって可能でしょう。想い出も日記に書き残したり、お友達やジェームズさんたち使用人の皆さんと一緒に共有したりすることはできます。

でも、声だけはどうやっても残しておくことができません。

「私は、彼女のことを何一つ忘れたくないのに……最低な夫だよ。看取ってやれず、最期の願いも聞き届けてやれず、恨《うら》まれたって仕方がない……っ」

自嘲《じちょう》の混じった笑顔に胸が痛みます。セドリックが泣きそうな顔でガウェイン様の手を撫でましたが、ガウェイン様の笑顔は引《ひ》き攣《つ》ったままです。

手を引っ込めたセドリックはウィリアム様の膝の上に戻ります。

代わりに私がベッドの縁《ふち》に腰かけて、ガウェイン様の右手を取りました。指先が少し冷たくなっている大きな手は、私の手の中で全てを諦《あきら》めているかのように動きませんでした。

「ガウェイン様、それは違います」

ハシバミ色の瞳が私を振り返りました。怒《いか》りにも憎《にく》しみにも似たものがその瞳に浮かんでいましたが、それは彼自身に向けられているのが伝わってきます。

「奥様は、ガウェイン様を恨んでなんかおりません。そして、忘れないでほしいと願ったわけでもないのです」

「だが、この花は……っ」

「この絵をよく見て下さいまし」

私は彼の左手に絵を握らせました。

「この花を握っている手は、女性の手ではありません。男性の手です」

ガウェイン様はわけが分からないといった様子で、私と絵を交互《こうご》に見ました。

私が目で合図をすると、アリアナさんが持ってきた小説の目当てのページを開いてベッドの上に置きました。

右のページには、この絵と同じ勿忘草を差し出す男性の手が描《えが》かれていて、反対の左のページには赤い薔薇《ばら》とピンク色のスターチスの花を差し出す女性の手が描かれています。

「これは、同じ、だ……」

「はい。これは『ハーブ園《えん》で口づけを』という題名の恋愛《れんあい》小説です。この絵の裏に文字がないのは、これは作者様の意向で後ろに好きな言葉を書いて恋人《こいびと》に渡すために破り取れるようになっているのです」

ガウェイン様は答えを求めて私を見つめました。

「……この小説の舞台《ぶたい》はある王国の辺境で、そこで出逢《であ》った二人がすれ違いながらお互《たが》いに惹《ひ》かれていく物語です。最後のほうで男性は貴族の生まれで、どうしても王都に帰らなければならなくなるのですが、同時に女性は病に倒《たお》れてしまうのです。でも、男性は女性を置いて行かなければいけなくて、自分を忘れてほしくなくて女性にこの勿忘草を渡すのです。読者の女性は、その勿忘草のページの裏に勿忘草をくれた男性への愛のメッセージを書いて渡すので、奥様は最期にそのページを摑《つか》んだのだと思います」

「……ターシャが」

「物語の中で女性は、ベッドの中から腕を伸《の》ばして、枕元《まくらもと》に飾《かざ》ってあった花瓶《かびん》からこの赤い薔薇とピンクのスターチスを抜《ぬ》き取って、男性に返しました。赤い薔薇の花言葉は『私は貴方《あなた》を愛しています』。そして……スターチスの花言葉は『変わらぬ心』。特にピンクのスターチスは『永久不変』です。だから奥様がガウェイン様に遺《のこ》した最期のメッセージは『私の愛は永遠に変わらず、貴方を愛しています』……奥様の言葉には、そういった意味が込められているのだと思います」

ひらりと彼の手から絵が落ちて、震《ふる》える手が彼の口元を覆いました。

ガウェイン様の右手を握る私の手にセドリックの小さな手が重ねられて、全部を覆うようにウィリアム様の大きくて温かな手が重ねられました。

「公爵、イスターシャ夫人は、貴方を恨んで死ぬような人ではありませんよ。そんな寂《さび》しい死に方なんて選ばず、最後の最期まで、最期の息を吐き出すその時もその先も、貴方が彼女を愛していたように、彼女も貴方を愛したまま、亡《な》くなったのだと思います」

「だが、だが……私は、たった一人で、ターシャを死なせてしまった……っ」

彼の口から、ただ一つのどうしようもなく彼を苦しめる後悔《こうかい》が零れ落ちました。

奥様は、本当に突然《とつぜん》亡くなってしまわれて、一人遺されてしまった彼の心に残る傷跡《きずあと》は、とても深く痛みを遺しているのです。

「貴方の心に夫人の愛が深く残っているように、イスターシャ夫人は、心に貴方の愛を宿したまま天国へと旅立ったのです」

ウィリアム様の言葉にガウェイン様は、押し黙《だま》ったままでした。

「寂しくなかったと言ったら嘘《うそ》になるかもしれません。でも、ウィリアム様の言うように愛する人が注ぎ続けてくれた愛や幸福や喜びが奥様の中にあったのですから、決して、恨むことも憎むこともなかったと思うのです。私だったら、ウィリアム様はお仕事を頑張《がんば》りすぎないでしょうか、セディは好き嫌いせず野菜を食べられるかしらと心配するでしょう……そして、一人遺されてしまう貴方が、どうか幸福であるようにと、願います」

私が泣いても仕方ないのに、ガウェイン様の頰を涙が伝うのにつられて涙が零れて頰を濡《ぬ》らしました。

ガウェイン様は、淡い金色の癖毛の猫を愛おしむように撫でて、耐《た》えきれなくなったかのように左手で掻《か》き抱《いだ》くように奥様のストールを抱き締めました。

「……シャ……私の、愛しい、ターシャっ」

絞るようにその名を呼んで、ガウェイン様は背中を丸めて嗚咽《おえつ》をこらえるように顔を伏《ふ》せました。

少し一人にしてくれと囁《ささや》くように言われて、心配でたまりませんでしたがウィリアム様に促《うなが》されて私たちは部屋を後にします。部屋を出る瞬間《しゅんかん》、隠しきれなかった嗚咽が確かに聞こえました。

パタンとドアが閉まると赤い目をしたジェームズさんとエプロンで目を押さえるメイドさんたちが私に向かって頭を下げました。

「ありがとう、ございました」

「頭を上げて下さいまし、お礼をいただくようなことは何も……っ」

ジェームズさんは、頑《かたく》なに頭を下げたまま、いえ、と首を横に振りました。

「奥様を亡くされて五年、旦那様は漸く、泣くことができました。本当に、本当に……ありがとうございます……っ」

　ぽたぽたと廊下に涙が落ちていきました。

「……ガウェイン殿にゆっくりと休むように伝えてくれ。私たちは部屋にいるから」

　ウィリアム様が穏やかに告げるとジェームズさんが、はい、と震える声で頷きました。

　そして、頭を下げたままのジェームズさんたちに見送られるようにして、私たちは客間を後にしました。

「彼らの涙は、哀《かな》しいものじゃない。安堵の涙だよ」

　そう言って下さるウィリアム様の腕が腰に回されて、私はその腕に身を預けるように歩きます。もう片方の腕に抱っこされたセドリックは、ぎゅうとウィリアム様の首にしがみついて、少し泣いていました。

　ガウェイン様が奥様を亡くされていることは伝えてあったので、幼いながらに感じる部分があったのでしょう。

「姉様、義兄様……おじ様、早く元気になるといいね」

「……そうですね」

「セディが世話を焼いているんだ、すぐに元気になるよ」

　私とウィリアム様が微笑むと、セドリックは「うん」と頷いて、目を潤《うる》ませながらも小さく笑ってくれました。

幾色《いくしょく》もの糸で複雑に描かれた淡い金色の癖毛の猫は、紫の瞳で私を振り返っている。

お転婆《てんば》で、朗《ほが》らかで、気まぐれで、素直《すなお》ではなくて、甘えるのが下手で、けれど、抱き締めると嬉しそうに私の腕に収まった、愛おしい、愛おしい女《ひと》。

「……ターシャっ、ターシャ」

ストールを抱き締めて、私は恥《はじ》も外聞もなく泣いた。

『いい？　よーく聞いて？　一度しか言わないわよ？　ねえ、大好きよ、私のガウェイン。世界中の誰より、愛してるわ』

彼女の素直ではないその声が耳元で聞こえたような気がして、涸《か》れてしまうのではないかというくらいに溢れていた涙が更《さら》にその勢いを増した。

美しく可愛らしい淡い金色の猫は、鮮《あざ》やかな四季の花々に囲まれて、菫《すみれ》のように可憐《かれん》な紫の瞳で私を振り返り、笑っているようにすら見えた。

終章　ピクニック

寒い冬が過ぎ去り、雪解けと共に暖かい春がやってきました。

私は今日、ウィリアム様たちと約束のピクニックに来ています。王家の私有地とのことで、もちろんアルフォンス様やカドック様、そして、マリオ様も一緒《いっしょ》です。

「姉様、行ってきまーす！」

「気を付けて下さいね、セディ！　よろしくお願いいたします、アルフ様、カドック様！」

桟橋《さんばし》からアルフォンス様とカドック様と一緒にボートに乗ってセドリックが湖へと繰《く》り出《だ》します。落ちないようにセドリックはアルフォンス様の膝《ひざ》の間にいます。

「じゃあ、あたしは森の探索《たんさく》に行ってくるわ！　春のデザインの参考にするのー！」

そう言って春らしい若草色のブラウスに白いスカート、それに白い帽子《ぼうし》をかぶったマリオ、いえ、マリエッタ様は、スケッチブックを片手に森の中へと入っていかれました。

「リィナ、私たちも少し、湖の周りを歩こうか」

差し出された腕《うで》に手を添《そ》えます。

ウィリアム様は最近私を「リィナ」という愛称《あいしょう》で呼びます。ウィリアム様だけが呼ぶ、特別な名前です。

今日のウィリアム様は柔《やわ》らかな緑色のジャケットとベスト、スラックスに白のシャツとミモザ色のスカーフです。マリエッタ様が作って下さったもので、私が生地《きじ》と色を選び、僭越《せんえつ》ながらベストとジャケットの襟《えり》に刺繍《ししゅう》をさせていただきました。ウィリアム様はとても喜んでくれて「ピクニックの日に着る」と今日を楽しみにしておられました。

そして私のワンピースもマリエッタ様が作ってくれたものですが、マリエッタ様の「絶対に青って決めてたの！」というお言葉通り、上半身はウィリアム様の瞳《ひとみ》と同じ鮮《あざ》やかな青でスカート部分は薄《うす》い水色の生地を何枚も重ねていて、角度によって濃淡《のうたん》が異なります。肩口《かたぐち》からふわりと広がる袖《そで》もとても可愛《かわい》いのです。

ウィリアム様から頂いたネックレスと指輪との相性《あいしょう》もばっちりなのですが、全身がウィリアム様の色ですので、幸せですがちょっとなんだかくすぐったいのです。

「フレデリック、散歩に行ってくるから敷《し》くものをくれ。エルサ、リリアーナにショールを」

ウィリアム様が馬車から荷物を下ろしてくれていたフレデリックさんたちに声を掛《か》けます。すぐにエルサが、白いショールを持ってきてくれ、肩に掛けてくれました。ウィリアム様はフレデリックさんから小さな毛布を受け取ります。

「奥様《おくさま》、楽しんでらして下さいね」

「はい。エルサとアリアナさんも仕度《したく》が済んだら休んで下さいね。フレデリックさんも」

「ええ。分かりました、ありがとうございます。では、行ってらっしゃいませ」

「行ってらっしゃいませ、奥様、旦那様《だんなさま》！」

ころころと笑うエルサと元気なアリアナさんに見送られて、私はウィリアム様と一緒に歩き出します。

時折吹《ふ》く風は、とても爽《さわ》やかで心地《ここち》良いです。

ウィリアム様は私の歩幅《ほはば》に合わせて、ゆっくりと歩いて下さいます。

小鳥の囀《さえず》りが賑《にぎ》やかで、色々なところでお花が咲《さ》いていて、春というものがたくさん散らばっています。

冬の間、ガウェイン様は侯爵家《こうしゃくけ》で静養されていました。

だんだんと元気を取《と》り戻《もど》し、王都を覆《おお》っていた雪が解けた先日、公爵家《こうしゃくけ》へと帰られました。本当は今日もお誘《さそ》いしたのですが、まだ肌寒《はださむ》く、病《や》み上がりということで、初夏の頃《ころ》に改めて行こうと約束して下さいました。

暫《しばら》く歩いたところで「少し休もうか」とウィリアム様が気遣《きづか》って下さり、木陰《こかげ》に毛布を敷いて、並んで座ります。

湖の水面が太陽の日差しを反射して、キラキラと輝《かがや》いていてとても綺麗《きれい》です。

ウィリアム様がそっと私の肩を抱《だ》き寄せて下さったので、素直《すなお》に彼に寄りかかります。

「ふふっ、あたたかいです」

「そうか、私もあたたかいよ」

くすくすと二人で笑い合います。

そうしてお互《たが》いに黙《だま》ったまま景色を眺《なが》めていました。ゆったりと流れる時間がとても心地良いです。

「……サンドラ様は、どうなりましたか」

ずっと聞きたくて、聞けなかった問いを彼の心臓の音を聞きながら、私は湖を見つめたまま口にしました。私の肩を抱く手が、ほんの少し撫《な》でるように動きました。

「彼女の遺体は、検死が終わった後、身元引受人を探したんだがディズリー男爵家《だんしゃくけ》は既《すで》に代が変わっていて、現当主である彼女の兄は引き取りを拒否《きょひ》した。他に愛人の何人かも当たったが否が返された。……結果、火葬《かそう》され小さな骨壺《こつつぼ》に納められた彼女は、ただ一人彼女を望んだ――ライモス殿《どの》のもとに帰ったよ」

胸にじんわりと温かな安堵《あんど》にも似たものが広がるのがとても不思議でした。

クレアシオン王国では、通常は土葬《どそう》によって長い時間をかけ大地に還《かえ》りますが、重篤《じゅうとく》な伝染病《でんせんびょう》に罹患《りかん》し亡《な》くなられた方と重罪を犯《おか》した者だけは、火葬されます。前者は火葬された後骨はお墓に直接埋《う》められて地に還りますが、後者はクレアシオンの豊かな大地に還ることは許されません。

犯罪者の場合、引き取り手がないことがほとんどですので、専用の地下墓地に遺棄《いき》されることになります。ですが、お父様が引き取ったのならば、サンドラ様は安らかに眠《ねむ》れる気がするのです。

「私、サンドラ様のことを赦《ゆる》しましたけれど、彼女に与《あた》えられた恐怖《きょうふ》をまだ全て忘れられそうにはないのを、あの時、身に染《し》みて実感しました。だって私の人生のほとんどをサンドラという女性に恐怖をもって支配されていたのですから……でも、」

「でも？」

「……あの日、心からそう告げたように、セドリックを産んで下さったことに関しては感謝しているのです」

自然と小さな笑《え》みが零《こぼ》れました、膝の上にあった手に大きな手が重ねられます。

「いつか、サンドラ様のことをあの子に告げる時が来たら……愛されて生まれてきたのだと、そう伝えたいのです。だって、サンドラ様は、あの子がピーマンを嫌《きら》いだという事実を知っていたのですから」

「……ああ」

優《やさ》しい声が頭上で聞こえて、私は笑みを深くしてウィリアム様に更《さら》に体をくっつけました。

「リリアーナ、もう暫くしたらエヴァレット子爵家《ししゃくけ》に行ってみないか」

思わぬお言葉に顔を上げると、穏《おだ》やかに微笑《ほほえ》むウィリアム様と目が合いました。

「君のお母上の実家だ。今は母上の兄君であるロルフ殿が爵位《しゃくい》を継《つ》いでいる。先代夫妻は領地で暮らしているんだが、君が元気になったという噂《うわさ》を耳にして、今度の社交期にはこちらに来るから君に会いたいと先日、手紙が来たんだ」

「ですが、これまで一度も……」

「九年前の事故を調査した際に分かったんだが、エヴァレット子爵家は、カトリーヌ様が亡くなられた後、君を引き取るつもりだったんだ。エイトン伯《はく》もそれを了承《りょうしょう》していたが……サンドラがそれを阻止《そし》し、以降、エヴァレット子爵家からの接触《せっしょく》を全て拒《こば》んだ。そして、手紙が届くとサンドラが君を鞭打《むちう》つ回数が増えるので、オールウィン家の老執事《しつじ》は、子爵家にこれ以上関わり合いにならないほうがいいと言ったんだ。もし、君が会いたくないと言うのなら、そう返事を出すが……」

私は、どうしたらいいのか分かりませんでした。おじい様やおばあ様に会ってみたい気持ちはあるのですが、どういう方たちか全く存じ上げませんので会うことに不安もあるのです。

「今すぐというわけではない。ゆっくり考えるといい」

「分かりました。考えてみます」

私が頷《うなず》くとウィリアム様は、いつでも相談してくれ、と言って下さいました。「はい」と頷いて返しますが同時に「くしゅん」とくしゃみをしてしまいました。

「す、すみません」

恥《は》ずかしくて口元を両手で押さえますが「大変だ！」と声をあげたウィリアム様は私のショールを外して私の膝に掛け、ご自分のジャケットを脱《ぬ》いで肩に掛けて下さいました。

「だ、大丈夫《だいじょうぶ》ですよ？」

「だめだ。君が風邪《かぜ》を引いたら大事件だ。それに私は寒くないから大丈夫だよ」

ベスト姿のウィリアム様は、そう言って私の頭をぽんぽんと撫でました。

大きなジャケットは、やっぱり袖を通しても手が出ません。ぎゅっと縮こまるとウィリアム様の爽やかなコロンの香りが強くなります。

「ふふっ、なんだか……ウィリアム様にぎゅっとされているみたいで落ち着きます」

「はうっ……わたしのつまが……ぐっ、かわいい……かほうだ、わがやの、かほうだっ」

ウィリアム様は、いつもの発作《ほっさ》を起こして両手で顔を覆っています。きっと、穏やかな春に感動していらっしゃるのでしょう。とても素敵《すてき》な光景ですもの。

ウィリアム様の発作が治まるのを待つ間、セドリックが私に気が付いて手を振《ふ》り返したり、水面に跳《は》ねるお魚を見つけたりしました。

「……ところでリィナ」

どうやら発作が治まったらしいウィリアム様が真面目な顔で私を呼びます。

「はい」

「やっぱり隣《となり》じゃなくて、こっちに来ないか？　隣もいいが膝に抱《かか》えて座るほうが楽しい気がする。いや、確実に楽しい」

急に真面目な顔で何をおっしゃるのかと身構えたのに、ウィリアム様は真剣《しんけん》にご自分の膝を叩《たた》いてそんなことを言いました。

「人前では、しないとお約束しました」

私は唇《くちびる》を尖《とが》らせて体を離《はな》します。

先日、ガウェイン様の前だというのに私を膝に乗せてケーキを食べさせようとするので、私は恥ずかしくて恥ずかしくて溶《と》けてしまうかと思ったのです。ですから人前ではしないと約束をしていただいたのです。

「人前って、彼らはあんなに離れているじゃないか」

ウィリアム様はむきになって、湖を指差しました。ボートの上で弟はなんだかとても楽しそうなのが伝わってきます。

「離れていても膝に乗っているかどうかは分かります。私にだってセディがアルフ様のお膝に座っているのが見えますもの」

恥ずかしいです、と私は頬《ほお》を両手で押さえました。

大好きなウィリアム様のお膝に抱っこしていただくのは、もちろん、嫌いではないのですが人前では恥ずかしいのです。

「リィナ、夫婦《ふうふ》とはそういうスキンシップも大事だと私は思うんだ」

「人前ではだめです。……お、お家《うち》に帰ってセドリックが寝《ね》た後ならいいです」

我《わ》が儘《まま》でしょうか、と窺《うかが》うようにウィリアム様を見上げると、何故《なぜ》かぎゅうと抱き締《し》められました。

「可愛い……っ。本当に可愛い、私の愛《いと》しいリィナ」

甘く愛情の込められた声に心臓がドキドキしますが、同時にとても安心します。

「なぁ、リィナ」

「はい、ウィリアム様」

顔を上げてウィリアム様と目を合わせます。

「これからも色々とあると思う。私の仕事で心配をかけることも、さっきみたいに膝に乗せるか乗せないかで揉《も》めることも、もしかしたらセドリックの教育方針で喧嘩《けんか》することもあるかもしれない。だが、いつだって一緒に悩《なや》んで、答えを探そう」

「……はい。でも、まだ私は……心から貴方《あなた》に相応《ふさわ》しい妻だとは言えません」

ウィリアム様が眉《まゆ》を下げ「だからそれは」と言う言葉を遮《さえぎ》って私は、彼を真《ま》っ直《す》ぐに見つめます。

「ですから、目標にしたいのです」

「目標？」

「はい。私は、侯爵夫人としてまだまだ未熟です。そもそも、私たちは夫婦になったばかりなのに、私は焦《あせ》りすぎてしまいました。私自身がウィリアム様に相応しいという言葉に納得《なっとく》ができないから、自信がなくて不安になるのです。だから今は、あなたに相応しい妻を目標に、色々なことを頑張《がんば》りたいのです。そうすればきっと、侯爵夫人としても自信を持てる気がするのです。……私はもともと、自信というものがあまりなくて、いつも色んなことを諦《あきら》めてばかりいました。私が人生で唯一《ゆいいつ》、諦められなかったのはセドリックのことくらいです。でも、」

私はウィリアム様の頬を両手で包み込みます。

「どうしても諦められないものが、増えてしまいました。ご迷惑《めいわく》になると分かっていても、危険に晒《さら》してしまうと分かっていても……ウィリアム様のことだけは諦められそうにないのです」

ぱちりとウィリアム様が目を瞬《しばた》かせました。

「ウィリアム様がいつも言って下さるように、長い時間が私たちの未来にあるのなら、私は誰《だれ》に対しても胸を張って貴方の妻だと言えるように頑張りたいと思ったのです」

「リィナ……」

私の手にウィリアム様の手が重ねられました。

「私もどこかで焦っていたのかもしれない。自分の弱さのせいで君に背を向けていた一年を取り戻したくて。……言われてみれば、私も永遠なんてものをよく分かっていないな。時の流れは、いつだって様々なものの形を変える。私の心が記憶喪失《きおくそうしつ》を経て変化し、君を心から愛することができるようになったように、私と君の夫婦の形も、愛情の形も、長い時間の中で様々に変化していくんだろうな」

「……はい。私は父とサンドラ様のことで永遠なんて本当はないのかもしれないと思いました。でも、ガウェイン様とイスターシャ様のお話を聞いて、愛というものに永遠があればいいなと思えるようになったのです」

「そうか。そうだな。私もそう思うよ。……やはり夫婦の形に正しい答えなんてないんだろう。でも、私たちのペースでこれからを歩んでいきたい。君と二人で、永遠を見つけたい」

「はい、私もです」

私が笑って頷くとウィリアム様は愛おしむように青い瞳を細めました。

その笑顔《えがお》がなんだかとても愛おしくて、輝いて見えて、私は思い切って、ウィリアム様の唇にそっとキスをしました。

「リ、リィナっ！」

真っ赤になったウィリアム様に、私はくすくすと笑って抱き着きます。多分、私の顔も負けないくらいに真っ赤です。

「いつものお返しです、ウィリアム様」

「……君には敵《かな》わないよ。私の愛しいリリアーナ」

ぎゅうと抱き締め返されて、私はその腕の中で幸せを噛《か》み締めるのでした。

おわり

あとがき

お久しぶりです、春志乃《はるしの》です。

この度《たび》は『記憶喪失《きおくそうしつ》の侯爵《こうしゃく》様に溺愛《できあい》されています　これは偽《いつわ》りの幸福ですか？』三巻をお手に取って頂き、心より御礼申《おんれいもう》し上《あ》げます！

二巻でウィリアムが記憶《きおく》を取《と》り戻《もど》し、順風満帆《まんぱん》な新婚《しんこん》生活と思いきや!? な三巻、お楽しみ頂けたでしょうか？


今回、やっぱり印象に残るのは、サンドラだと思うので、少しだけ彼女のお話を。

サンドラは、はっきりとした悪役です。

リリアーナにとっては恐怖《きょうふ》の象徴《しょうちょう》でもありますが、同時に愛の象徴でもある人でした。

リリアーナへの仕打ちから、愛のない人と思われるかもしれませんが、誰《だれ》より愛情深い人だったからこそ、彼女は壊《こわ》れていってしまったのかな、と作者は思っています。

まあ、作者や周りが何を言ったところでサンドラは、鼻で笑って気にも留めてくれないのでしょうけれど。

サンドラはいなくなってしまいましたが、まだまだ未熟なリリアーナやウィリアムは、これからも悩《なや》みながら、相談し合って、夫婦《ふうふ》として歩んでいきます。時に喧嘩《けんか》もするかもしれませんね。

話は変わりますが、ありがたいことにコミックスも二巻が発売ということで、ここあ先生の描《えが》く可愛《かわい》いリリアーナと格好いいウィリアムの姿もぜひぜひ見て頂けたらな、と思います。

彼らの未来は、まだまだ続いていくのですから！

さて、最後になりましたが本作を出版するにあたり、担当様や引き続きイラストを担当して下さった一花夜《いちげよる》先生を始めとして関わっていただいた全ての皆様、こうしてお手に取って下さった皆様、ＷＥＢ掲載《けいさい》時から応援《おうえん》し続けて下さる皆様、支えてくれた家族、友人たちに心から感謝いたします。

またお会いできる日を心待ちにしております。

春志乃

■ご意見、ご感想をお寄せください。
《ファンレターの宛先》
〒102-8177 東京都千代田区富士見2-13-3
株式会社KADOKAWA ビーズログ文庫編集部
春志乃 先生・一花夜 先生

ビーズログ文庫

●お問い合わせ
https://www.kadokawa.co.jp/（「お問い合わせ」へお進みください）
※内容によっては、お答えできない場合があります。
※サポートは日本国内のみとさせていただきます。
※Japanese text only

記《き》憶《おく》喪《そう》失《しつ》の侯《こう》爵《しゃく》様《さま》に溺《でき》愛《あい》されています 3

これは偽《いつわ》りの幸《こう》福《ふく》ですか？

春《はる》志《し》乃《の》

2021年4月15日 初版発行
2022年1月30日 3版発行

発行者　青柳昌行
発行　株式会社 KADOKAWA
〒102-8177 東京都千代田区富士見 2-13-3
（ナビダイヤル）0570-002-301
デザイン　永野友紀子
印刷所　凸版印刷株式会社
製本所　凸版印刷株式会社

ISBN978-4-04-736552-0 C0193

定価はカバーに表示してあります。
◇◇◇

FLOS COMICにて
コミカライズ連載中！
記憶喪失の侯爵様に溺愛されています
これは偽りの幸福ですか？
リリアーナ！
コミックでも君を見ていいか
漫画 ここあ
原作／春志乃
キャラクター原案／一花 夜
ComicWalker内
フロースコミック
公式サイトはこちら